ソウルメイト

馳　星周

Contents

マージョリィとワルテルに本書を捧げる。
わたしはおまえたちから
犬と暮らすということはどういうことなのかを学び、
おまえたちの後に続く犬たちから学び続けている。

犬の十戒

The Ten Commandments of
Dog Ownership

原詩作者不明

訳・馳 星周

犬の十戒とは、インターネット上で
広く世界に伝わっている詩である。
多くの愛犬家がこの詩を何度も読み返しては、
飼い主のあるべき姿を模索している。

1

My life is likely to last ten to fifteen years.
Any separation from you will be painful for me.
Remember that before you buy me.

ぼくは10年から15年ぐらいしか生きられないんだよ。
だから、ちょっとでも
家族と離れているのは辛くてしょうがないんだ。
ぼくを飼う前に、そのこと、考えてみてよね。

2

Give me time to understand
what you want of me.

父ちゃんがなにをして欲しがってるのか、
ぼくがわかるようになるまでは忍耐が必要だよ。

3

Place your trust in me-
it's crucial to my well-being.

ぼくのこと信頼してよ。ぼくが幸せでいるためには、
みんなの信頼が必要なんだから。

4

Don't be angry at me for long and
don't lock me up as punishment.
You have your work,
your entertainment and your friends.
I have only you.

長い時間怒られたり、
罰だっていって閉じ込められたりするのはごめんだよ。
みんなには仕事だとか遊びだとか友達がいるでしょ？
でも、ぼくには家族しかいないんだよ。

5

Talk to me sometimes.
Even if I don't understand your words,
I understand your voice
when it's speaking to me.

いっぱい話しかけてよ。人間の言葉はわからないけど、
話しかけられてるんだってことはわかるんだ。

6

Be aware that however you treat me,
I'll never forget it.

ぼくにどんなことしたか、ぼくはずっと覚えてるからね。

7

Remember before you hit me that
I have teeth that could easily crush
the bones of your hand
but that I choose not to bite you.

ぼくをぶつ前に思い出してよ。
ぼくはみんなの骨を簡単に噛み砕けるんだよ。
でも、ぼく、絶対にそんなことしないでしょ？

8

Before you scold me for being
uncooperative, obstinate or lazy,
ask yourself if something
might be bothering me.
Perhaps I'm not getting the right food, or
I've been out in the sun too long, or
my heart is getting old and weak.

言うことを聞かないとか、頑固になったとか、
最近怠けてばかりだとか言って叱る前に、
ちょっと考えてよ。
食事が合ってなかったのかも。
暑い中ずっと外にいて体調が悪くなったのかも。
年をとって心臓が弱くなってるのかも。
ぼくの変化にはなにかしら意味があるんだから。

9

Take care of me when I get old ;
you, too, will grow old someday.

ぼくが年をとってもちゃんと面倒見てね。
みんなもいつか年をとるんだからさ。

10

Go with me on difficult journeys. Never say,
"I can't bear to watch it ." or
"Let it happen in my absence."
Everything is easier for me if you are there.
Remember, I love you.

ぼくの嫌なところに行くときは、
お願いだから一緒にいてよ。
見てるのが辛いとか、
見えないところでやってとか、
そういうことは言わないでよ。
そばにいてくれるだけでいろんなこと、
頑張れるようになるんだ。愛してるよ。
それを忘れないでね。

ソウルメイト

soul mate

本文デザイン　オフィスキントン
イラスト　村尾 亘

チワワ

Chihuahua

1

車を降りると濃密な空気の塊が鼻に流れ込んできた。佐伯泰造《さえきたいぞう》は深呼吸を繰り返した。雨上がりの森から流れてくる空気は何度嗅いでも飽きることがない。湿った土、木の幹、葉、植物の匂いが混ざりあい、溶けあっている。それはどんな薬やサプリメントより免疫力を高めてくれるのだ。

ルビィが車の中で吠《ほ》えていた。癇《かん》に障る甲高い声が森の静寂を無粋に引き裂いていく。佐伯は顔をしかめてドアを開けた。ルビィがアスファルトの上に降り立ち、佐伯の足にまとわりついた。

ルビィは今年九歳になるチワワの雌《めす》だ。普段、ルビィの面倒は妻の時枝《ときえ》が見ている。だが、定年退職して以降は、ルビィを朝の散歩に連れ出すのは佐伯の役目になっていた。

「ステイ」

声をかけると、ルビィは動きをとめた。心持ち首を傾《かし》げ、つぶらな瞳で佐伯を見上げている。その仕種《しぐさ》に佐伯のしかめっ面が緩んでいく。

助手席にあったリードを手に取り、ルビィの首輪に繋《つな》いだ。すぐにルビィは尻尾《しっぽ》を振り、早く歩こうと佐伯を促した。

セゾン現代美術館の前から千ヶ滝《せんがたき》の駐車場まで続く舗装された林道は佐伯とルビィの散歩ルートだった。梅雨《つゆ》に突入した今、木々の葉は深い緑色を湛《たた》え、濡《ぬ》れたアスファルトがその緑を受け止めて、いつもの時季とは違う色に染まっていた。

控えめな緑の上を、ルビィが右へ左へとちょこまかと動く。排泄《はいせつ》を済ませたのを確認すると、佐伯は用意していたビニール袋で便を拾い、リードを外してやった。シーズンになれば滝を見るために観光客がやって来るが、シーズンオフには滅多に車も来ない林道だった。

リードを外した直後こそ、ルビィは好き勝手に動き回ったが、五分もすると佐伯の元に戻ってきた。そのまま、佐伯の歩調に合わせてついてくる。

「いい子だな、ルビィ」

佐伯は声をかけた。ルビィは自慢げな表情を浮かべ、尻尾を振った。小憎らしいが、どうすれば佐伯が喜ぶか、この小さな生き物はよく知っているのだ。

「おまえがもっと大きければなあ」

佐伯はひとりごちた。

佐伯の生まれ育った実家では秋田犬を飼っていた。それゆえ、佐伯にとっては犬といえば大型犬を意味した。時枝が犬を飼いたいと言い出したときも頭の中にあったのは大型犬で、東京のマンション暮らしで犬を飼うことは無理だろうとはなから決めてかかっていた。

だが、このマンションはペット飼育が可能になったのだと時枝は言った。犬種は任せてくださいという時枝にうなずき、帰宅したらルビィがいた。

「なんだ、これは」

佐伯は憮然《ぶぜん》とした顔で、小さな、間違えて踏んづけただけで死んでしまいそうな生き物を見下ろした。

「犬です。わたしたちの新しい家族です」

時枝が言った。

大型犬と暮らすものだと思い込んでいた佐伯は落胆した。時枝を詰《なじ》った。

「でも、あなた。考えてみてください。あなたはもうすぐ定年を迎えるのよ。六十歳を過ぎて足腰が弱くなって、それでも大型犬と暮らしていく自信があるの?」

自信はなかった。それで渋々ながらルビィを受け入れたのだ。

ぼんやりしていると、ルビィが吠えた。五メートルほど先で立ち止まり、佐伯が来るのを待っている。

佐伯は足を止めた。その場にしゃがみ、ルビィに声をかける。

「ルビィ、カム！」

ルビィが走りだした。小さな身体《からだ》を目一杯躍動させて佐伯に向かって駆けてくる。その目は喜びに輝いていた。

足もとまで駆けてきたルビィを抱き上げた。

「いい子だ。いい子だ、ルビィ」

ルビィに頬ずりする。ルビィの小さな舌が佐伯の耳朶《みみたぶ》を舐《な》めた。

今日も気分がいい――佐伯は思う。

「もう少し歩こうな、ルビィ」

ルビィを地面に置いた。ルビィが咳《せ》き込んだ。

「どうした、ルビィ。風邪でも引いたか？」

ルビィは二、三度咳き込んだが、それだけだった。すぐに尻尾を振り、佐伯の足もとをジグザグに駆けた。

「なんだ。心配させるなよ」

佐伯は気を取り直し、雨上がりの森を奥へと進んでいった。

2

佐伯の家は追分《おいわけ》という地区の一角にあった。すぐ近くを千メートル林道と呼ばれる道が通り、家の背後は国有林。引っ越してきた当初は猪《いのしし》がよく出没し、晩秋には熊の痕跡を見ることもあったが、今ではそうした野生動物たちも遠のいている。なにかの気配を感じるたびにルビィがけたたましく吠えるからだ。猪も熊も、癇癪《かんしゃく》を起こしたかのような甲高い吠え声に辟易《へきえき》したのだろう。

車をガレージに入れ、ドアを開けるとルビィが飛び出していった。

「お帰りなさい、ルビィ」

庭の方から時枝の声が響く。引っ越してきた直後からはじめた家庭菜園の手入れをしているのだろう。昨日、食卓に出た時枝自慢のトマトは酸味と甘みが絶妙のバランスを保っていた。

佐伯はルビィの便を包んだビニール袋を玄関脇のゴミ箱に放り込んだ。その足で庭に向かう。

ルビィが時枝の足もとにじゃれついている。時枝は無邪気に微笑《ほほえ》んでいた。日焼け防止用のサンバイザーをつけた帽子と首に巻いたタオルがよく似合っている。もうすっかり田舎のおばさんだった。

　畑仕事が似合うようになるにつれ、時枝の体重も減っていった。東京にいたころは理想の体重を二十キロはオーバーしていたが、軽井沢《かるいざわ》に越してきてからは見る間に痩せ、まるで三十歳は若返ったとでもいうような体型に変貌していた。

　逆に佐伯の体重は増えている。空気がうまいと食事が進む。会社勤めをしていたころよりは身体を動かしているはずなのだが、摂取カロリーが上回ってしまうのだ。

「お帰りなさい、あなた。雨上がりの森の匂いを満喫してきた？」

「ルビィがうるさくてそれどころじゃなかった」

　佐伯は顔をしかめた。越してくることに散々抗《あらが》った手前、滅多なことでは軽井沢を褒めることはない。ルビィに関してもそうだった。未《いま》だに大型犬を飼いたかったと口にしては時枝を苛立《いらだ》たせてしまう。

「お茶を淹《い》れましょうか」

　時枝が言った。

「いい。それぐらい、自分でやる」

　佐伯はぶっきらぼうに答え、デッキから家の中に入った。

「アトリエにこもるから、昼飯の時間まではそっとしておいてくれ」

「はいはい、わかりました」

時枝はキュウリに水を与えていた。その足もとでルビィがちょこんと座り、真剣な眼差《まなざ》しを向けている。しばらくそうしていればおやつをもらえることがわかっているのだ。

「小さい脳味噌《のうみそ》なのに、よくわかってる」

佐伯はひとりうなずき、キッチンに向かった。

＊＊＊

自分で淹れた紅茶の入ったカップを片手に、佐伯はアトリエのドアを開けた。途端に油絵の具独特の香りが押し寄せて来た。

この家を建てるとき、佐伯が唯一我《わ》が儘《まま》を言った部屋だ。あとのすべては時枝の好みに任せたが、南向きに大きなガラス窓を作ること、最低でも十二畳は確保すること、作りつけの書棚を誂《あつら》えること、その他にも油絵を描くのに必要と思える細々とした注文をつけて作らせた。

絵画は佐伯の唯一の趣味だった。

カップを机に置き、キャンバスを覆っていた布を取り払う。描きかけの絵が現れた。夏の太陽の下、デッキから自慢の菜園を見下ろす時枝と足もとに佇《たたず》むルビィが描かれている。

勤め人だったころは年に一枚描けるかどうかだったものが、軽井沢に来てからはもう二十点近い作品を仕上げている。時間が有り余っているのと、題材に事欠かないおかげだった。描きあげた作品は額縁に入れて居間や寝室、客間といたるところに飾ってある。時枝は家の中のことに佐伯が口を挟むのを好まないが、幸いなことに佐伯の描く絵は気に入ってくれているのだ。

絵を描く支度をしながら佐伯は窓の外に目をやった。畑仕事を終えた時枝がルビィと遊んでいた。菜園の脇には芝生が植えてある。時枝が小さなボールを放ると、ルビィは芝生の上を駆けてボールを追いかける。もうそろそろ老犬といってもいい年齢なのだが、ルビィは衰えることを知らなかった。

無意識に口元がほころんでいるのに気づいて、佐伯は咳払《せきばら》いを繰り返した。チワワを飼うことになったのも、軽井沢に越してくることになったのも、全部時枝の意思だった。佐伯の意思はどこにも介在していない。だから、ここでの暮らしを楽しんでいるとは認めたくなかった。

もう六年以上前のことになる。佐伯の定年後の人生をどうするかという話題になったとき、突然、時枝が言い出したのだ。

「軽井沢の別荘を建て替えましょう。わたし、軽井沢に移住したいわ」

この土地と取り壊す前の建物は時枝の父のものだった。それを譲り受け、ほぼ年に一度の割合で遊びに来ていたが、そこで暮らすという発想は佐伯にはなかった。

「冗談じゃない。田舎暮らしなんて、おれはごめんだぞ」

佐伯は言った。元々田舎の人間だった。周辺は農地や牧場、少し足を延ばしてもそこには海があるだけ。そんな僻地《へきち》で生まれ育ち、物心ついた時には都会で暮らすことが一生の夢になっていた。東京に出るために必死で勉強し、東京で暮らし続けるために必死で働いた。その挙げ句、あれだけ忌み嫌っていた田舎に舞い戻らなければならないというのか。

佐伯は田舎暮らしのデメリットをこれでもかというほど並べ立てて反対した。

しかし、時枝の意思を曲げることはできなかった。

「このまま東京で暮らし続けると言うなら、別れてください」

最後通牒《つうちょう》を突きつけられては佐伯にはどうすることもできなかった。

憤懣《ふんまん》やるかたない佐伯とは逆に、翌日から時枝は嬉々《きき》として軽井沢に移る準備をはじめた。知り合いに紹介されたという建築士や内装業者とたびたび打ち合わせを行い、ルビィを車に乗せて頻繁に軽井沢に出向いた。佐伯が定年退職を迎える前に、軽井沢の別荘は改築されていた。

あの日から、時枝は少しずつ若さを取り戻していっている。時にそんな時枝が眩《まぶ》しく見えることがあった。

田舎暮らしとはいっても、住んでいるのは別荘地のど真ん中だった。シーズン中を除けば周りに住人はなく、田舎の面倒な近所づきあいをしなくて済むのはありがたかった。

時枝があれだけ幸せなら、軽井沢で暮らすのも悪くはない。

住みはじめて二年目の朝、佐伯はそう思い、東京に帰りたいとは口にしなくなった。

佐伯は書棚に立てかけてあったスケッチブックを手に取った。一番最初のページを開く。描きかけのデッサンに目を細めた。

軽井沢に来て最初に描こうとして、デッサンだけで挫折した作品だ。佐伯夫妻に長女の楓《かえで》と次女の桜《さくら》が一列に並んでいる。

楓と桜は引っ越しこそ手伝いに来てくれたが、それっきり軽井沢に顔を見せることはなかった。時枝とは電話で話をしているらしいが、佐伯には何の音沙汰もない。娘たちには徹底して嫌われているのだ。

家族を幸せにしたいとがむしゃらに働き、その挙げ句、家族に背を向けられてしまった。軽井沢に来なければ時枝まで失っていただろう。

佐伯はスケッチブックを閉じ、キャンバスに向かった。絵を描くことに集中すれば、雑念は消えていく。今はその集中をなによりも必要としていた。

3

夜になってまた雨が降り出した。時枝は夕食の後片付けが済むと、疲れたと言って寝室に消えたままだった。

佐伯はグラスにとっておきのコニャックを注いだ。蠟燭《ろうそく》を灯《とも》し、明かりを消し、デッキの窓を開けた。

雨は穏やかに降っている。湿った冷たい空気が部屋に流れ込み、デッキを叩《たた》く雨音が軽やかに響く。どこかでアマガエルが合唱していた。

ソファの背もたれに背中を預け、伸ばした脚をオットマンに載せた。コニャックをすすり、目を閉じる。雨の音、雨の匂い、雨がもたらす空気にすべてを委ねる。

雨は嫌いだった。土砂降りの朝はいつも欠勤したくなった。満員電車の中、雨に濡れた群衆に囲まれることを考えるだけで憂鬱になった。

なのに、いつの間にか雨を乞うようになっていた。それもまた、軽井沢に来てからの変化のひとつだ。

軽井沢の冬は長く厳しい。十一月に初雪が降り、五月の声を聞くまでは氷点下の朝が続く。春は梅雨の直前にやって来て、雨が降るたびに緑が濃くなっていく。雪が溶けた後の茶色の世界に雨が恵みをもたらしてくれるのだ。

濡れた土の匂い、濡れた葉の艶、慈雨を待ち望んでいた植物たちの揺らぎ——すべてが好ましく思われる。

階段を降りてくる小刻みな足音が雨の調べを乱した。

「ルビィ？」

佐伯は目を開けた。蠟燭の淡い光が、小さな生き物を照らしている。ルビィはソファまで駆けてきて、床に腰を下ろした。尻尾が忙《せわ》しなく揺れている。期待に満ちた目が佐伯を見上げていた。

「おいで」

佐伯は自分の太股《ふともも》を叩いた。ルビィが垂直に跳んだ。ルビィは佐伯の脚の上に着地すると、二、三度回転してから自分の落ち着く場所を決めた。佐伯の左の太股の付け根だ。

「いい子だな、ルビィ」

佐伯はルビィを撫《な》でた。ルビィの運動能力を目の当たりにするたびに、この小さな身体のどこにそんな強靭《きょうじん》なバネが埋め込まれているのかと感嘆する。

ルビィが目を閉じ、恍惚《こうこつ》の表情を浮かべる。ルビィは時枝や佐伯に撫でられるのがなによりも好きなのだ。

「おまえも雨が好きか？」

左手でルビィを撫で、右手でグラスを傾ける。

「母さんは雨が嫌いなんだ。雨のたびに頭痛がすると言って早く寝るし、おまえの毛に泥がこびりつくと言って顔をしかめる。でも、おまえも雨が好きだよな？」

佐伯の言葉を肯定するようにルビィの尻尾が左右に揺れる。目は閉じているが、持ち上がった耳が、佐伯と同じように雨の調べを楽しんでいるように思えた。

「そうか。やっぱりおまえも雨が好きか」

佐伯は微笑み、またコニャックをすすった。酔いが回る。

「軽井沢はいいな」

佐伯は呟《つぶや》いた。時枝がいる前では決して口にすることのない言葉だ。

「何度も来てたのに、こんなにいいところだとは思わなかった。やっぱり、一年を通して暮らさないと、よさはわからないか」

ルビィの尻尾が揺れる。まるであなたの話はちゃんと聞こえているわよと言っているかのようだ。

コニャックを飲み干す。佐伯は肩をすくめた。想像以上に気温が下がっている。窓を開けたままでは風邪を引いてしまいそうだった。

「ルビィ、ごめんよ」

佐伯が声をかけると、ルビィは床に降り立った。

「いい子だ」

ルビィを褒め、窓を閉める。振り返ると、ルビィが咳き込んでいた。

「おまえも寒かったか。こっちにおいで。温めあおう」

佐伯が両腕を広げると、ルビィが顔を輝かせた。駆けてきたルビィを抱き上げた。

ルビィの身体は小刻みに震えていた。

「そうか、寒かったか。ごめんな、気づかずに」

佐伯はルビィの身体を優しくさすった。途端に記憶が溢《あふ》れかえる。生まれたばかりの楓や桜をこの腕に抱いたときの感触、喜び。しかし、すべては遠い昔のことだ。抱っこどころか、楓たちは佐伯に触れられることさえ嫌うようになった。

「おまえだけだな。いつまでも変わらずにこうさせてくれるのは」

佐伯は再びソファに腰を下ろし、ルビィを撫で続けた。

4

本格的な梅雨がはじまるのと同時に時枝が体調を崩した。疲れた、頭が痛いと言ってはしょっちゅう寝込むようになり、それと比例するように顔色が悪くなっていく。佐伯が病院へ行けと言っても、時枝は辛《つら》そうな顔で首を振るだけだった。

昔から病院が嫌いなのだ。

時枝が寝室で寝込むことが多くなると、居間でルビィの姿を見かける回数も減った。枕元に横たわり、時枝を看病するように見つめている。時枝のそばを離れるのは食事と散歩の時だけだった。

ようやく慣れてきた軽井沢での暮らしが途端に色褪《いろあ》せた。時枝が嬉《うれ》しそうに微笑んでいて、ルビィが楽しそうに駆け回っていてこそ、あれほど忌み嫌っていた田舎暮らしを受け入れることができたのだ。時枝もルビィもいない居間は空っぽで冷たかった。

ある夜、佐伯は意を決して楓に電話をかけた。

「もしもし？　楓かい？　わたしだ」

「どうしたの？　珍しい」

返ってきたのは不快感の滲《にじ》んだ声だった。楓も桜も佐伯に対する嫌悪感を隠そうともしなかった。

「母さんの具合が悪いんだ」佐伯は言った。「ずっと寝込んでいる。わたしが病院へ行けと言っても聞いてくれない」

「悪いって、どれぐらい？」

「もう一週間以上寝込んでる」

「それなのに病院に行けって言うだけ？　自分でつれて行こうとはしないわけ？」

楓の声が跳ね上がる。佐伯は口を閉じた。

「いつまで経《た》っても自分勝手なんだから。母さん、どうして離婚しないのかしら」

「おまえから母さんに話してくれないか」

「言われなくたって話すわよ」

一方的に電話が切れた。佐伯は手にした子機を呆然《ぼうぜん》と見つめた。

娘たちとの間にできた溝は年月が埋めてくれると楽観していた。だが、実際には溝は日々深まっていく。

四十代の時、転勤を命じられて名古屋に単身赴任をした。女ができ、一緒に暮らしはじめた。ある日、楓が名古屋の大学を受験するために連絡もなしにやって来て、すべてが露見した。

時枝はゆるしてくれたが、娘たちは違った。汚物を見るような目で佐伯を見つめ、露骨に会話や接触を避けるようになった。

自業自得だ。何度も自分に言い聞かせてみるものの、惨めさが薄れることはない。墓場まで十字架を背負っていく他はないのだ。

子機を置いた。雨はまだ降り続いている。ついこの前までは心地よかったはずなのに、雨音は娘たちの嘲笑のように聞こえた。

佐伯はコニャックのボトルを傾け、飲んだ。胃が熱くなるだけで一向に酔いが訪れる気配はなかった。

ルビィが階段を降りてくる音が聞こえた。佐伯は酒を飲む手をとめた。干涸《ひから》びていた心が見る間に潤っていく。

「来てくれたのか、ルビィ」

駆け寄ってきたルビィを抱き上げた。ルビィは抱かれたまま、じっと佐伯の顔を見つめた。

「おれのことを心配してくれてるのか？　ありがとうな、ルビィ」

ルビィを抱いたままソファに腰を下ろす。ルビィの耳が持ち上がった。二階で電子音が鳴っている。時枝の携帯だ。楓が説得のための電話をかけてきたのだろう。やがて、時枝の押し殺した声が流れてきた。会話の中身はわからない。ただ、時枝が泣いているのはわかった。

佐伯はルビィを床におろした。

「おれはいいから、母さんのところに行ってやれ」

佐伯の言葉が終わると、ルビィは駆けだした。途中で立ち止まり、振り返る。

父さん、本当にひとりで大丈夫？

そう訊《き》かれているような気がした。佐伯はこみ上げてくるものを抑えこみ、無理矢理笑った。

「いいんだよ、ルビィ。行っておいで」

ルビィの姿が消えた。リズミカルに階段を駆け上がる音が聞こえる。

本当に優しい子だ。賢い子だ。

自らの過ちによってふたりの娘を失ったが、代わりにルビィを得た。娘たちとは違ってルビィは佐伯を断罪しない。愛すれば愛しただけ、愛を返してくれる。

ルビィが愛《いと》おしくてたまらなかった。

5

「残念ですが、末期の膵臓癌《すいぞうがん》です」

パソコンのモニタを覗《のぞ》きこみながら医者が言った。

「なんですって？」

「奥様は末期の膵臓癌です」

医者は佐伯に顔を向けた。眼鏡の奥の瞳はガラス玉のようだった。

「ど、どういうことですか？」

身体中の毛穴から汗がふき出てくる感覚を覚えながら佐伯は言った。

「相当我慢強いお方なんでしょうね。ずっと苦しかったはずなのに……それがあだになりました。腫瘍《しゅよう》があちこちに転移しています」

　確かに我慢強い女だった。多少の擦《す》り傷や切り傷なら手当もせずに放っておくし、昔、熱湯が手にかかった時も医者にはいかず、市販の薬品だけで治療を済ませた。今でも左手の甲に火傷《やけど》の痕が残っている。

「つ、妻はどうなるんですか？」

「見通しは大変厳しいと言わざるをえません」

　医者が言った。

「そ、そんな……」

「抗癌剤などで延命治療はできるかもしれませんが、もって三ヶ月から半年でしょう」

「先生、そんなことを言わず、なんとかしてください」

「残念ですが、今の医学ではここまで進行した癌をとめる手立てがないんです」

　医者のガラス玉のような目にはなんの感情も宿っていなかった。

＊＊＊

　病室の前の廊下を意味もなく歩き回り、病室に入る決心がついたのは医者と話を終えて一時間以上が過ぎた後だった。

　平静を装うと決めていたのに、病室のドアに手をかけた途端、身体が震えはじめた。

ドアから手を離し、爪を噛《か》む。退職したあとは忘れていた悪癖だった。

「あなた？」

病室を離れようとする直前、時枝の声が響いた。もう逃げられない。佐伯は息を吐き出し、迷うことなくドアを開けた。

「具合はどうだ？」

「お薬のせいかしら。ずいぶん調子がいいわ」

時枝が微笑んだ。だが、笑うその顔はこの数日で急に増えた皺《しわ》に埋もれていた。

「そうか。それはよかった……」

「お医者様はなんて？」

「ん？」

「検査の結果が出たんでしょう。それを聞きに行くって」

「ああ、そうだったな……」

何度も考え抜いた嘘《うそ》が出てこない。

「癌ね」

佐伯の心を見抜いたというように時枝が呟いた。

「時枝……」

「わたし、助からないのかしら」

佐伯は立ち尽くした。口の中が渇き、言葉が喉に詰まって出てこない。突然、声を失ってしまったかのようだった。

「相変わらず嘘が下手《へた》ね、あなた。そんなだから、浮気もばれちゃったのよ」

「い、今その話を持ち出すなよ」

やっと呪縛が解けた。時枝が朗らかな声で笑った。

「忘れずに自責の念を抱いてるのね。よかった」

「だから、今はおまえの病気の話を――」

「あとどれぐらい？」

時枝の顔から笑みが消えた。

「どうして、もっと早く診《み》てもらわなかったんだ」

佐伯は両手を握りしめた。

「怖かったの。癌だって診断されるのが。馬鹿みたいね。苦しいのに瘦せ我慢しちゃって」

「おれは全然気づかなかった」

軽井沢に来て突然瘦せはじめた時枝。あれは身体が癌細胞に冒されたせいだったのだろうか。

「いいのよ。あなた、そういう人じゃないもの。あとどれぐらい時間があるのか、それだけでも教えて」

「三ヶ月から半年だと医者は言っていた。それも、抗癌剤治療とかを受けての話だって
……」

「そう」

時枝はぽつりと言った。他人事《ひとごと》のようだった。

「時枝……」

「ルビィを残して逝かなくちゃならないのね。あの子のこと、頼むわ」

「東京へ帰ろう」佐伯は言った。「東京ならいい病院がたくさんある。いろんな意見を参考にしながら治療することができる。な、時枝、軽井沢は病気が治ったらまた戻ってくればいいじゃないか」

時枝は力なく首を振った。

「東京に行ったら二度と戻って来れないのよ。わかってるじゃない」

「それでも、東京に行こう。おれは後悔したくないんだ。おまえにできるだけのことをしてやりたい」

「ありがとう。気持ちだけもらっておきます」

「なにを言ってるんだ、時枝。ここもいい病院だけど、東京に行けばもっと――」

「家に帰るわ」

時枝の声は凜《りん》として有無を言わせぬ響きがあった。

「時枝」

「延命治療も受けません。わたしはあの家で死ぬの。そう決めてこっちに越してきたんだもの」

「おまえはそれでいいかもしれんが、おれはどうするんだ？　ルビィは？」

「ルビィはあなたがいれば大丈夫。あなたも、ルビィがいれば大丈夫」

「なにを言ってるんだ」

「ごめんなさい」

時枝は顔を佐伯に向けた。強固な意思が宿った目が佐伯を射貫《いぬ》いた。

「今までずっと我慢してきたわ。我が儘を言ったのはルビィを飼うときと、軽井沢に越してきたことだけ。娘たちもあなたがいる限り家には寄りつかないし、もう、耐えられない」

「ルビィがいるじゃないか。菜園があるじゃないか」

佐伯は震える声で言った。時枝の意思は佐伯には曲げられない。

「ルビィが生きている間は頑張ろうと思ってたんだけど……わたしはあなたをゆるしたわけじゃないのよ」

時枝は相変わらず揺るぐことのない目で佐伯を見つめている。

「時枝……」

「ただ、怒らなかっただけ。怒る気力が湧かなかっただけ。ゆるしたわけじゃないの」

佐伯は言葉を失い、ただその場に立ち尽くした。

「疲れたわ。眠りたい」

時枝が言った。わたしの人生から出て行ってと言われたような気がした。

＊＊＊

車の中でルビィがけたたましく吠えていた。病院独特の匂いの中に時枝の気配が混じっているのだろうか。佐伯は力なくドアを開け、運転席に乗り込んだ。それと同時にルビィが太股の上に飛び乗ってきた。後ろ脚で立ち、前脚を佐伯の胸に押しつけて顔を覗きこんでくる。

「おまえは病室には連れていけないんだ。母さんもまだ外には出てこられない」

佐伯は呟くように言った。疲れていた。疲労が骨の芯にまで達している。腕を動かすのさえ億劫《おっくう》だった。

母さんという言葉を発した瞬間、ルビィの耳が持ち上がった。鼻を鳴らし、急《せ》かすように佐伯の胸を押す。

「そんなに母さんが好きか」

佐伯は訊いた。ルビィは鼻を鳴らし続けた。

「そうだよな。母さんが世界で一番好きなんだよな」

佐伯はルビィを抱きしめた。こんなに愛おしいのに、あれだけ可愛《かわい》がっていたのに、どうしてこの子を置いて先に逝くことができるのだろう。

「それだけおれが憎いってことか？　おれと一緒にはいたくないということか……」

ルビィを抱いたまま、ヘッドレストに頭を押しつけた。虚無に落ちるような悲しさに襲われているというのに、どういうわけか涙が出る気配は一切なかった。

6

ルビィが期待に満ちた目を向けていた。佐伯はもいだばかりのプチトマトを半分に嚙み千切った。皮が裂け新鮮な果汁が口の中に広がった。健康的な酸味が疲れを癒してくれる。嚙んだトマトの半分を掌に載せ、ルビィの前に差し出した。ルビィは匂いを嗅ぐこともせず、トマトを食べた。

勝手におやつをやることは時枝に厳しく禁じられている。人間には何でもない量でも、ルビィのような小型犬には量が多すぎるらしい。だが、ひとかけの果物や野菜なら、時枝も眉をひそめるだけで文句を言うことはなかった。

朝のルビィとの散歩が終わると、菜園に水を撒《ま》き、実った野菜を収穫する。時枝の仕事だったが、これからは佐伯がやるほかなかった。時枝に訊くのは癪《しゃく》だったので、家庭菜園に関する本を買い込み、ネットで情報を集めた。トマトが美味《おい》しいのは時枝が丹精を込めて育てたからだが、自分で収穫するのはまた格別だった。

収穫を終えると、またルビィの目が輝く。佐伯は時枝がそうしていたように、芝生めがけて小さなボールを放った。ルビィが追いかけ、追いつき、ボールをくわえて戻ってくる。その日は喜びに満ち、その身体は生命力に満ちていた。

しかし、佐伯が何度目かにボールを放った時、ルビィは突然追いかけるのをやめた。

「どうした、ルビィ？　もう疲れたのか？」

ルビィは振り返り、困ったというような表情を浮かべた。時枝が相手なら、時枝が音《ね》を上げるまで延々とボールとの追いかけっこを繰り返すのが常だった。

「おれが相手じゃ面白くないか……」

佐伯は溜息《ためいき》を押し殺し、ルビィを呼んだ。とぼとぼと歩いてくるルビィを抱き上げ、家に入った。

「今日は気温が高めだからな、少し暑かったか？」

冷たい水を出してやったがルビィは飲まなかった。ほんの少しだが、朝ご飯も残していた。体調がよくないのか、それとも時枝の不在による精神的な影響なのだろうか。

「トマトを嬉しそうに食べたんだ。時枝がいなくて寂しいんだろう」

佐伯は自分に言い聞かせるようにひとりごちた。

携帯が鳴った。ディスプレイに楓の名前が表示されている。楓と桜が病院に行き、時枝を説得することになっていた。時枝は佐伯の言葉には耳を貸さない。だが、娘たちが必死で説得すれば折れるかもしれない。一縷《いちる》の望みを娘たちに託したのだ。

佐伯は深く息を吸い電話に出た。

「もしもし？」

「あんたのせいよ」楓の声は憎しみに満ち溢れていた。「母さんが死んだら、親子の縁を切るから。そのつもりでいて」

電話が切れた。

佐伯は携帯を握りしめたまま、くずおれた。床に尻をつきうなだれる。佐伯と娘たちをなんとか繋ぎ止めていたのは時枝の存在だったのだ。時枝がいなくなれば、見捨てられる。

浮気だけが原因なのではない。傲慢で身勝手な父親だった。自分の意見を一方的に押しつけるだけで、娘たちの心の声に耳を傾けたことはない。子供は親の言うことを聞いていればいい。そうやって来た挙げ句、子供の心に残ったのは憎しみと蔑みだ。

ルビィが膝の上に乗った。佐伯は顔をあげた。ルビィは小さな舌で佐伯の頬を舐めた。

こんなに小さな生き物でも他人の苦しみがわかるのに、なぜ娘たちの気持ちを理解することができなかったのだろうか。

「どうしておまえのように愛してやることができなかったんだろうな……」

佐伯はルビィの頭を撫でた。柔らかい体温に触れた瞬間、涙が溢れた。

どれだけ泣いても、涙が止まることはなかった。

7

嫌がる時枝を車椅子に乗せ、病院の駐車場を横切った。空はどんよりとしていたが時折、雲の隙間から陽光が降り注いでくる。車に近づくとルビィの声が聞こえてきた。ルビィは助手席で飛び跳ねている。

「ルビィ……」

これまで、頑《かたく》なに涙を拒否してきた時枝が顔を覆った。

「おまえが戻ってくるのをずっと待ってたんだ」

しゃくり上げる時枝の肩に手を置いた。時枝は驚くほど痩せてしまった。皮膚のすぐ下に骨が感じられる。

「ルビィのためにも――」

時枝が首を振った。結婚して四十年以上になるが、ここまで頑固だとは思いもよらなかった。

佐伯は溜息を押し殺し、時枝のためにドアを開けた。ルビィが飛び降りて、車椅子の周りをぐるぐると駆けた。

「おいで、ルビィ」

時枝が腕を伸ばすと、ルビィは時枝の膝の上に飛び乗った。時枝に身体を押しつける。尻尾を千切れんばかりに振っていた。最愛の存在と再会できた喜びを身体全体で表現している。

時枝が不治の病に冒されていることなど、ルビィには知るよしもない。ルビィの無邪気さが佐伯には羨ましかった。

「さあ、家に帰ろう」

ルビィを抱きしめる時枝を促し、佐伯は車椅子を折り畳み、時枝の荷物と一緒に荷室に積み込んだ。

佐久《さく》市の病院から自宅までは片道四十分ほどの行程だった。その間、時枝は抱きしめたルビィの耳に、なにかを囁《ささや》き続けていた。ルビィは耳を持ち上げ、真剣な面持ちで聞き入っている。

家に着くと、時枝はさっさと車を降りた。見る影もないほど痩せているが足取りはまだしっかりしていた。ルビィと一緒にデッキにあがり、椅子に腰を下ろした。陽光が時枝とルビィの上に降り注ぐ。

佐伯は時枝の荷物と車椅子を家の中に運んだ。大量の薬をより分け、衣類などが詰まったバッグを寝室に運んだ。車椅子をセッティングするとデッキに出た。

「菜園の手入れをしてくれてたのね」

時枝が言った。ルビィはデッキから庭に移動していた。期待に満ちた目を時枝に向けている。ボール遊びを催促しているのだ。

「ああ」

佐伯はサンダルをつっかけ、庭に降りた。

「なにも言ってくれないから、荒れ放題になっているのかと思ってた」

「おまえが大切にしてる菜園だろう。それに、自分でとって食べるといつもよりうまく感じる。だから、頑張ったのさ」

佐伯は畑のそばに転がっていたボールを手に取り、芝生に向かって投げた。ルビィが身を翻し、駆ける。時枝が入院していた時より躍動感があった。

「これからも、菜園の手入れはおれがやるよ」

返事がなかった。振り返ると、時枝は目を閉じていた。死んでいるのかと焦ったが、よく見ると胸がゆっくり動いている。佐伯は溜めていた息を吐き出した。ボールをくわえたルビィが足もとに戻って来ていた。

「いい子だ」

頭を撫で、再びボールを投げてやる。ルビィが追いかけるのを確認して、再び振り返る。

眠っているということはわかっている。それでも、時枝は死んでいるように見えた。

＊＊＊

鎮痛剤が効かなくなってきた。時枝がベッドから出てくる回数が次第に減り、やがて寝たきりになった。毎日午前中に来てくれる在宅ケアの医師が麻薬パッチを貼り替えてくれるが、午後になると時枝は苦痛を訴える。そんな時の時枝の顔は青ざめ、身体は脂汗にまみれていた。

見るに忍びないが、時枝の世話をできる人間は佐伯しかいなかった。時枝が苦痛に耐える声が聞こえてくると寝室へ向かい、パジャマを脱がせ、汗を拭き取ってから麻薬パッチを貼り替える。その間、ルビィは床に座って佐伯と時枝を見守っていた。

「時枝、病院に行こう」ある日、佐伯は言った。「これ以上、おれには無理だ。入院して専門家に任せた方が……」

時枝は顔をしかめながら首を振った。

「こんなに痛がってるのに、なんの意地を張っているんだ?」

「ここがわたしの終《つい》の住《す》み処《か》なの」時枝は途切れ途切れに言う。「ここで死にたいのよ。病院はいや」

麻薬パッチが効いてくると、時枝は眠りに落ちる。今にも死の淵《ふち》に吸い込まれそうな寝顔を見ながら佐伯は思う。

これは時枝がおれに与えている罰なのだ。想像を絶する苦痛に耐えながら死んでいく時枝を見守ること。それが、身勝手で傲慢な夫に与えられた罰だ。

楓も桜も思い出したように電話をかけてくる。時枝の様子を訊き、佐伯を詰《なじ》り、しかし、自ら時枝の介護をしようと申し出ることはない。彼女らには自分の家庭があり、なにより佐伯を忌み嫌っている。

東京にいるのならまだしも、時枝の意思で軽井沢に居続けている以上、娘たちになにかを期待するのは無駄だった。

甘んじて罰を受けるのだ。自責の念と自己嫌悪に鞭《むち》打たれながら時枝の死を看取《みと》る。辛い苦行のようなものだが、ルビィがいることで救われていた。

つぶらな瞳、躍動する小さな身体、疑うことを知らない心。日々がどんなに辛くても、ルビィがすべてを癒してくれる。

「ありがとう、ルビィ」

なにかにつけ、ルビィに感謝の言葉を口にすることが、佐伯の日課になっていた。

＊＊＊

朝からルビィの咳が止まらなかった。湿度と寒さのせいだろうか。気象庁が梅雨明けを宣言したばかりだったが、昨日から冷たい雨が降り続いている。気温は十三度。七月としてはかなり寒い。

「ルビィを病院に連れていって」

時枝が言った。麻薬パッチが効いているのか、顔色はよかった。だが、痩せさらばえた身体は隠しようもない。時枝には死の影がはっきりと張りついていた。

「だけど、おまえをひとりにするわけには——」

「今日は気分がいいから大丈夫。こんなに咳をするなんて、寒いから風邪を引いたのかもしれないわ」

時枝がルビィを撫でる。すると咳が止まり、ルビィは尻尾を振った。尻尾の激しい動きは普段と変わりなく佐伯は安堵《あんど》した。

「じゃあ、ちょっと行ってくるよ。すぐに戻るから。なにかあったら携帯に電話して」

「心配しないで。今日は本当に気分がいいの」

時枝をベッドに寝かせ、佐伯はルビィを伴って車に乗った。ルビィは外出に興奮して落ち着きがない。そのせいか、咳も治まっていた。だが、病院に着くとルビィは身体を震わせた。病院が嫌いでしょうがないのだ。

受付を済ませ、ルビィを抱いたまま待合室の椅子に腰を下ろす。隣に座っていた中年の女性がルビィに微笑んだ。

「可愛いですね。何歳ですか？」

「九歳になります」

佐伯が答えると、相手は溜息をついた。

「小型犬だと、九歳でもこんなに若いんですね。うちは大型犬で、まだ八歳なんですけど、もう、よぼよぼで……」

待合室に大型犬は見あたらなかった。診察か治療を受けているのだろう。

ルビィが家に来る前は漠然と大型犬が欲しいと考えていただけだった。だが、十年も満たないうちに別れが来るのなら、果たして自分に耐えられただろうか。

いつでもそうなのだ。深く考える前に自分の感覚に飛びついてしまう。そしてだれかを傷つけるか自己嫌悪に浸ることになる。年をとればいくらかましになるのかと思っていたが、年々酷《ひど》くなるばかりだ。

ルビィにしてもなんにしても、正しいのは常に時枝だった。

「田島さん」

診察室から声が響き、女性が立ち上がった。

「失礼します」

女性は佐伯に会釈し、診察室に消えていった。待合室には佐伯とルビィの他に二組いるだけだった。ダックスフントを連れた若い女性と、年老いた雑種を連れた佐伯と同年配の男だ。ふたりとも、心配げな顔つきで自分の犬を見つめている。

ルビィの咳がまたはじまった。時枝の瘦《こ》けた顔が脳裏を横切る。悪い予感に背中が粟《あわ》立《だ》っていく。佐伯はルビィの背中を撫でた。

「大丈夫だ。おまえは大丈夫」

佐伯は呟いた。他の飼い主たちも同じことをしているような錯覚にとらわれる。

診察室からさっきの女性が出てきた。白い大型犬——グレート・ピレネーズが一緒だった。診察室を出たところで女性の足が止まった。犬に抱きつき、辺りを憚《はばか》らない声で泣きはじめた。ピレネーズはきょとんとした顔で飼い主を見つめていた。

佐伯を含めた三人が女性と犬から目を逸《そ》らした。見るに忍びない光景だった。

確かにくたびれてきてはいるが、まだまだ元気そうなピレネーズに死の宣告が下されたのだろう。飼い主の女性は心を押し潰される痛みに耐えられずに泣きじゃくっている。

未来を予見して泣くのは人間だけだ。犬にはなんのことかわからない。泣いている人間も、わけもわからず立ち尽くしている犬も哀れだった。

佐伯はルビィを抱いたまま病院を出た。雨は一段と激しくなっていた。激しい雨音でさえ、耳にこびりついた女性の泣き声を消してはくれなかった。

「だめだ」

あてもなく歩きながら佐伯は言った。

「ルビィ、おまえはだめだ。おまえまでいなくなったら、おれはどうしたらいいんだ」

腕の中でルビィが尻尾を振っている。咳は止まっていた。小さな身体が見る間に雨に濡れていく。

「頼むからおれを置いていくな。時枝がいなくなったら、家族はおれとおまえだけだ」

ずぶ濡れになりながら、佐伯は喚《わめ》き、歩き続けた。

佐伯の腕の中で、ルビィは尻尾を振り続けていた。

ボルゾイ

Borzoi

1

「レイラ、カム」

悠人《ゆうと》の掛け声は完璧に無視された。レイラ——細身の身体《からだ》にふさふさの毛をまとったボルゾイは窓の外を見つめたままぴくりとも動かない。

「レイラ、来いってば。散歩だぞ」

声を太くして叫んでも相変わらずレイラは悠人を無視し続けた。

「ふざけんなよ」

悠人はリードを振り上げ、レイラに近づいた。途端にレイラが立ち上がり、振り返る。唸《うな》り声が聞こえてきた。牙が見えた。悠人は立ちすくみ、リードを握った手を下ろした。

レイラはまた窓の外を見つめた。

いつもそうやって、マナブさんの帰りを待っているのだ。

「レイラ、そんなふうに待っててもあの人はまだ帰ってこないよ。散歩に行こうってば。

行かないとまた家の中でオシッコしちゃうだろう。おまえはそれでいいかもしれないけど、ぼくが叱られるんだから」

悠人は懇願した。しかし、レイラは完全に悠人を無視したままだった。

「もういい、勝手にしろよ」

悠人は叫び、手にしていたリードを床に叩《たた》きつけた。それでもレイラは動かない。腹いせにドアを思いきり閉め、悠人は二階の自分の部屋に向かった。階段もわざと大きな音を立てて昇る。

「くそ。みんなしてぼくを馬鹿にしやがって」

悠人は溢《あふ》れ出そうになる涙を唇を噛《か》んでこらえた。

＊　＊　＊

「悠人、レイラが居間でオシッコしてるわよ。ちゃんとお散歩行ったの?」

階下で母の声が響いた。数分前に帰ってきたのは知っていたが、ゲームを途中でやめるのが嫌で気づかないふりをしていた。

「悠人」

母の声が少し高くなる。これ以上無視を続ければ、それはやがて耳が痛くなるような甲高い声に変わるのだ。

「はあい」

悠人は気の抜けた返事をして腰を上げた。ゲーム機のスイッチを切り、部屋を出る。足が重かった。

「レイラがオシッコしてるのよ」

母はレイラの小便で濡《ぬ》れた床を拭いていた。顔が歪《ゆが》んでいる。

「お散歩さぼったんでしょう」

「違うよ」悠人は叫んだ。「レイラが言うこと聞かないんだ。無理矢理連れて行こうとすると牙を剝《む》いて唸るんだよ」

「嘘《うそ》ばっかり。レイラはいい子よ。そんなことするわけないじゃない」

レイラは窓のそばで寝そべっていた。レイラは母に愛想がいいわけでもない。だが、無視することもない。自分だけ馬鹿にされている。そう思うとますます腹が立ってくる。

「レイラがいい子なのはあの人がいるときだけじゃないか」

「悠人――」

「こんな大きな犬、ぼくにどうしろって言うのさ。レイラはあの人の犬なんだから、あの人が散歩に連れて行けばいいんだよ」

「パパって呼びなさいって言ってるでしょう」

「あんなのパパじゃない。ぼくのパパはパパだけだ」

悠人は金切り声をあげた。呆然《ぼうぜん》とする母に背を向け、階段を駆け上がった。

「みんな大嫌いだ」

一際大きい声で叫び、自分の部屋に閉じこもった。

2

ドアを開けた瞬間、レイラが飛びかかってきた。丹羽学《にわまなぶ》はレイラを抱きとめた。細長い舌が顔を舐《な》め回すのをゆるし、レイラの身体を何度も撫《な》でた。

「ただいま、レイラ。いい子にしてたか？」

声をかけるとレイラは鼻を鳴らした。もう五歳になるのに甘えたがりなのは変わらない。

興奮が収まると、レイラは外に出たがった。

「ちょっと待て。散歩はもう少し後だ」

顎の下を撫でてやる。だが、レイラはぷいと横を向き、廊下の奥に進んでいった。

「申し訳ございませんね、女王様」

学は苦笑しながら靴を脱いだ。甘えたがりが変わらなければ、気分屋なのも変わらない。

　もう換毛期《かんもうき》がはじまっているのか、スーツにレイラの毛がまとわりついていた。白と茶の二色の柔らかい毛だ。白い毛は朝日や夕日を浴びると黄金色に輝く。黄金色の被毛《ひもう》をまとって悠然と走るレイラを見るのがなによりも好きだった。

「そういえば、最近、ドッグランにもサイクリングコースにも連れて行ってないな。ストレスが溜《た》まってるか……」

　スリッパに履き替え、ただいまと奥に声をかけた。理恵《りえ》の返事は聞こえたが、悠人の声は聞こえなかった。学は溜息《ためいき》を押し殺した。

　ダイニングテーブルには夕飯が並んでいた。ハンバーグとキャベツの千切り、温野菜サラダに味噌汁《みそしる》。テーブルには三人分の食事が並んでいる。

「悠人は？」

　理恵が首を振った。化粧を落とした顔が沈んでいる。

「どうした？」

「わたしが帰ってきたら、レイラがそこでオシッコしてたの」

　理恵は部屋の隅を指差した。まだレイラが子犬の頃、トイレシートを置いていた場所だ。

「それで？」

「悠人が散歩をさぼったからだと思って叱ったら、怒って部屋に閉じこもったままなのよ」

学は嘆息した。

「叱る前に事情を聞かなきゃだめじゃないか」

ふたつのハンバーグからは湯気が立ち上っていたが、もうひとつはすっかり冷めてしまっていた。

「でも、レイラが散歩に行きたがらないって言うの。わたしと散歩に行くときはなんにも問題がないから……」

学はレイラに視線を向けた。自分のことが話題になっているのを知っているのかいないのか、大きな口を開けて欠伸《あくび》をしている。

「あの子はね、群れの中の上下関係に敏感なんだ。ぼくがボス。君はまだちょっと微妙だな。とにかく、レイラにとって君は同等か少し上の存在。悠人は子分だ。そう思ってる。だから、悠人の言うことは聞かない。ぼくたちでちゃんと上下関係を築いてやる必要があるんだけど……」

「一日置きなのよ、レイラのオシッコ。疲れて帰ってきて、いきなりオシッコの後始末じゃ……」

学は鞄《かばん》を置き、ネクタイを緩めた。

「どこに行くの？」

「悠人をなだめてくるよ」

「部屋に入れてもらえないわよ」

「それでもいい」

居間を出て階段を昇る。悠人の部屋からは電子音が漏れてきていた。ドアをノックしても電子音は止まらなかった。

「悠人、パパだけど」

返事はなかった。

「悠人。パパだ。話がしたいんだけど――」

「パパじゃない。ぼくのパパは死んだんだ」

悠人の声はひしゃげていた。感情が高ぶっているのだろう。

再婚し、一緒に暮らすようになってからもうすぐ三ヶ月になるが、まだ一度もパパと呼んでもらったことはない。

「それはわかってる。でも、話がしたいんだ。部屋に入れてくれ」

足音がした。振り返るとレイラが階段を上がってきた。学の足もとに伏せ、悠人の部屋のドアをじっと見つめる。

「いやだ。ぼくのことは放っておいてよ」

「悠人――」

「どっかに行ってってば」

悠人の声が破裂した。レイラがさっと立ち上がり、ドアに向かって牙を剝き、唸りはじめた。

「レイラ」

学はレイラを叱責した。途端にレイラから怒りが消え、代わって怯《おび》えの色がその目に浮かんだ。

「だれに向かって唸ってるんだ。悠人はおまえの家族だぞ」

レイラを睨《にら》む。レイラは顔を背け、逃げるように階下へ駆けていった。レイラは学の感情を確実に読み取ることができる。

いきなり、ドアが開いた。携帯用ゲーム機を右手にぶら下げて、悠人が学を見上げた。

「今、レイラに怒ったの？」

「うん」

「ぼくのために？」

「うん。悠人はちゃんと散歩に行こうとしたけど、レイラは言うことを聞かなかったんだろう？」

悠人はうなずいた。

「それだけじゃないよ。牙を剝いて唸ったんだ。ぼく、レイラが嫌い。怖いよ」

「だいじょうぶ」学は腰を屈《かが》め、悠人の頭を撫でた。「唸っても牙を剝いても、レイラは決して悠人を嚙んだりしないから。約束する」

「でも……」

「それに、レイラにはもっと厳しく叱っておく。だから、機嫌直して、ママをゆるしてあげよう。それから、ご飯も食べる」

「うん」

悠人は学の脇をすり抜け、軽快な足取りで階段を降りていった。

学は微笑《ほほえ》んだ。

＊＊＊

理恵はまだ温かいハンバーグの皿を悠人の前に置き、冷めたハンバーグをレンジに放り込んでいた。レイラが理恵にまとわりついている。

「レイラ、お座り」

学が命じると、レイラは動くのをやめて腰を下ろした。

「ステイ」

再び命じてから食卓に着く。すでに悠人はハンバーグを頰張っていた。レイラの目が悠人の口元に釘付《くぎづ》けになっている。

学はさりげなくレイラから視線を外した。すると、レイラは滑らかな動作で立ち上がった。悠人に近づき、ハンバーグの匂いを嗅ぐ。

「悠人、レイラにダウンって言ってみて」

学は囁《ささや》いた。

「レイラ、ダウン」

悠人が言った。だが、レイラは悠人の指示《コマンド》を完全に無視した。気高い女王様は自分より下位のものの命令を聞くつもりがこれっぽっちもないのだ。

学は悠人に気づかれないようにレイラを睨んだ。途端にレイラの耳が下がる。ダ・ウ・ン——ゆっくり口を動かす。レイラは渋々床に伏せた。

「ママ、見た？　レイラがぼくの言うことを聞いたよ」

「うん、見た、見た。悠人、凄《すご》いじゃない」

理恵の大袈裟《おおげさ》な言葉に悠人が胸を張る。ふたりの顔には満面の笑みが張りついている。もう二度と手に入ることはないと思っていた平安と温かさがそこにあった。

「ありがとう、レイラ」

学は声に出さずに呟いた。レイラの尻尾《しっぽ》がゆらゆらと揺れた。

3

「おい、悠人」

昼休みがはじまった途端、齋藤正樹《さいとうまさき》たちが悠人のところにやって来た。逃げ道を探そうとして、悠人は肩を落とした。どうせ逃げられっこないのだ。

「ちょっと顔貸せよ」

齋藤正樹はクラス一の長身で、声変わりもとうに済んでいる。まだ十歳だというのに街を歩いていると中学生に間違われるぐらいだ。腕力では絶対にかなわない。

「ぼく、用事があるんだ」

悠人は俯《うつむ》きながら言った。

「なんだと。おまえ、マーちゃんの命令に逆らう気か？」

西田康平《にしだこうへい》が言った。こっちはクラス一のチビだが、齋藤正樹の子分だということでだれかれかまわず威張り散らす。

「逆らうわけじゃないけど……」

「いいからこいよ、悠人」

齋藤正樹の太い腕が首に巻きついてきた。こうなったらもう逃げられない。

「すぐに終わるからよ。それから用事済ませればいいだろう？」

斎藤正樹がじわじわと腕に力を込めていく。首が圧迫され呼吸が苦しかった。

「行くよ。行くから、腕どけて」

「どけたら逃げるかもしれねえだろう。さ、行くぞ」

斎藤正樹と西田康平の他に三人の生徒が悠人を取り囲んでいた。他の生徒たちは見て見ぬ振りを決め込んでいる。だれも斎藤正樹には逆らえないのだ。

校舎を出ると裏庭に連れて行かれた。校庭は騒がしいが、こちらにはひとけはほとんどない。

「なんの用？」

斎藤正樹の腕から解き放たれ、悠人は首をさすった。

「悠人、おまえ、小遣いいくらもらってるんだよ？」

斎藤正樹が腰を曲げ、悠人の顔を覗きこんでくる。息が顔にかかって給食の匂いがした。

「もらってないよ」

「嘘つけ」

斎藤正樹が握り拳で脇腹を突いてきた。悠人は身体を折り曲げ、噎《む》せた。

「嘘じゃないよ。なにか欲しいものがあったらママに言って、ママがＯＫしてくれたらお金をもらうんだ」

「今、いくら持ってるんだよ？」

「持ってないよ」

すくみ上がりそうになりながら悠人は言った。ジーンズのポケットには財布があり、財布の中には五百円玉が一枚入っている。それがばれたら小突かれるだけでは済まないに決まっていた。

「嘘つけ」

齋藤正樹が後ろに回った。いきなり強い力で抱きすくめられた。

「なにするんだよ」

「おい。身体検査だ」

悠人は暴れたが、齋藤正樹の力はとてつもなく強かった。西田康平の手がジーンズのポケットをまさぐる。

「やめろよ」

「これはなんだよ」

財布を取り上げられた。

「やめろ。返せよ――」

叫んだ瞬間、身体が宙に浮いた。すぐに齋藤正樹の腕が離れていく。悠人は背中から地面に落ちた。激しい痛みに呼吸ができなくなる。

「あるじゃんかよ、金」

西田康平が財布を振りかざした。三年前の誕生日に父親から買ってもらったものだ。

「返せよ」

悠人は西田康平に向かって腕を伸ばした。西田康平が後ろに飛び退《しさ》る。その拍子に、財布から写真がこぼれ出た。花びらのように揺れながら地面に落ちる。写真を取ろうとしたが、背中の痛みに顔をしかめるのが精一杯だった。

「ちぇっ、五百円しかないぜ、マーちゃん」

西田康平が財布から抜き取った硬貨を宙に弾《はじ》いて受け止めた。齋藤正樹はそちらには興味を示さず、地面に落ちた写真を見つめていた。

「なんだよ、この写真……」

齋藤正樹が写真を拾った。

「返せよ。パパの写真なんだ。返してよ」

「おまえの親父《おやじ》、死んだんだよな？」

齋藤正樹の大人びた顔に意地の悪い笑みが浮かんだ。

「返してってば」

「返してやるよ。五千円持ってきたら」

悠人は言葉を失った。小学四年生に五千円は大金だ。

「冗談言わないでよ」

「冗談じゃねえ。おまえの大切な親父の写真なんだろう？　五千円でも安いぐらいだ」

齋藤正樹の言葉に、西田康平たちがうなずいている。

「齋藤君……」

「今日は木曜だから、そうだな。悠人、月曜までに五千円持って来いよ。そうしたら、この写真、返してやる」

「五千円なんて無理だよ」

悠人は立ち上がった。いつの間にか背中の痛みは消えていた。

「なんとかしろよ。じゃないと、この写真、破り捨てるか燃やすかするぞ。いいのか？」

「返して」

悠人は写真に腕を伸ばした。その腕を払われ、腰を蹴られた。膝が折れ、地面に手をつく。痛みより悔しさと悲しさの方が強かった。

「返せ」

齋藤正樹を睨んだ。

「五千円持ってきたらな」

齋藤正樹は笑い、悠人に背中を向けた。

「おい。行くぞ」

「月曜までに五千円持って来いよ。わかってるな」

西田康平が子犬のように吠《ほ》え、齋藤正樹の後を追った。他の三人も西田康平についていく。

「馬鹿野郎」

悠人は五人の背中に罵声を浴びせた。加藤謙太《かとうけんた》――一番後ろにいたやつが振り返り、猛然と駆けてきた。

「だれが馬鹿野郎だよ」

胸元を乱暴に摑《つか》まれ、頰を張られた。殴り返したかったが腕が震えて力が入らない。

悠人は泣きはじめた。

＊＊＊

家に近づくにつれ、胸が重たくなっていく。レイラはまた散歩に行きたがらないだろう。そして、家の中でオシッコをし、悠人が叱られるのだ。

「ただでさえ大変なのに……」

悠人は財布を取りだした。何度見ても写真はない。あれは夢ではなく現実なのだ。

悠人は寄り道をした。学校から家までの通学路を少し外れたところに公園がある。ブランコとシーソーがあるだけの小さな公園で、小学生はやってこない。ブランコに腰掛け、揺らした。

父の良昭《よしあき》は胃癌《いがん》で死んだ。ずっと腰が痛いと言っていたのだけれど、父も母もそんなに重い病気だとは考えてもいなかった。

ある日、あまりの激痛に起き上がれず、救急車で病院に運ばれた。そして、腰の痛みの原因が胃癌だとわかったのだ。

父はまだ三十五歳になったばかりだった。癌は年を取ってからできるとゆっくり悪くなり、若い時にできるとあっという間に悪くなると母が言っていた。その言葉の通り、父は入院して半年で死んでしまった。

父は怒ると怖いが、大抵は笑っていた。悠人がいたずらをしても、テストの点数が悪くても、いつも笑って「男の子だから仕方ないさ」と髪の毛を撫でてくれた。いつもぷんぷんしている母とは大違いだ。

悠人は父が好きだった。大好きだった。

母が再婚したいと切り出したとき、悠人は猛《たけ》り狂った。パパはどうするの？　パパのことはもうどうでもいいの？　パパは、パパは、パパは——。

叫び疲れ、泣き疲れ、眠りに落ちた。すると、夢の中に父がやって来た。

元気か、悠人？　パパはママとおまえのことが心配だ。悠人は男の子だ。だから、ママが幸せになれるよう、悠人が頑張るんだぞ。

だから、母の再婚をゆるしたのだ。母が幸せになれるように。でも、新しい父親なんて真っ平ごめんだ。それなのに、マナブさんはパパと呼ばせたがる。冗談じゃない。

「パパ、どうして死んじゃったの？」

悠人は呟《つぶや》いた。返事はない。

うなだれたままブランコを降り、家に足を向けた。

レイラが言うことを聞かなかったら、今日こそリードで思いきりひっぱたいてやる。牙を剝かれても唸られても怖いもんか。

「ただいま――」

ドアを開けた次の瞬間、悠人は言葉を失った。いつも、居間の窓のそばでマナブさんの帰りを待っているレイラが玄関にいる。

「どうしたの、レイラ？」

レイラが立ち上がった。顔がすぐ目の前にある。最初にこの家に来たときは、レイラのその大きさが怖かった。

レイラの鼻が目の下に当たった。レイラはくんくんと音を立て、忙《せわ》しなく悠人の顔の匂いを嗅ぐ。生臭い口臭と皮膚の表面をくすぐる柔らかい毛の感触に悠人は顔をしかめた。

「なんだよ、レイラ」

押しやろうとしたがレイラはびくともしない。身体は細いが力は強いのだ。

レイラが匂いを嗅ぐのをやめた。悠人の目尻をぺろりと舐め、じっと悠人の顔を見つめている。

「だからなんなんだよ」

氷のような透き通った目にはこれっぽっちの濁りもなく、ただ見つめられているとなんだか居心地が悪くなってくる。

レイラが右の前脚を伸ばし、悠人の肩に置いた。

なにかをしろという催促のポーズだ。

「撫でろっていうの？」

悠人は面食らいながらレイラの胸元の毛を撫でた。手に抜けた毛が絡みついてくる。

それでもレイラは脚をどけなかった。

「どうしろっていうんだよ」

レイラは前脚を床につけた。靴箱の上に置いてあるリードを鼻でつついた。

「散歩？　散歩に連れて行けって？」

レイラはまたまっすぐ悠人を見つめた。悠人は信じられない思いでリードを手に取った。レイラが首を伸ばす。リードを首輪に繋《つな》げろと言っているのだ。

「マジ?」

悠人は首輪とリードを繋いだ。レイラが悠人の頬を舐めた。やればできるじゃない――そう言われたような気がした。

慌ててランドセルをおろし、エチケット袋を入れたポーチを肩にかけた。悠人と散歩に行くとき、レイラはまずウンチはしない。それでも念のためだ。

ドアを開けると、レイラが悠人を押しのけるようにして外に出た。悠人は両手でリードを握りしめ、その後に続いた。

4

悠人が満面の笑みを浮かべていた。あんな屈託のない笑いを見せるのはこの家では初めてのことだった。

「どうした? いいことでもあったのかい?」

学はネクタイを緩めながら居間に足を踏み入れた。

「今日、レイラが自分から散歩に行こうって言ってくれたんですって」

理恵の顔にも穏やかな笑みが浮かんでいた。

「へえ、そうなんだ」

レイラは悠人の足もとに伏せ、落ちてくる食べ物を狙っていた。その表情からは悠人を群れの上位者と認めたとはとうてい思えない。

「どんなふうだった？」

学は食卓についた。今日のメニューは海老《えび》マヨにグリーンサラダ、それに中華風のネギのスープだった。悠人の皿はほとんど空になっている。

「学校から帰ってきたら、レイラが玄関で待ってたんだ」

悠人が叫ぶように言った。全身で喜びを表現している。

「いつもは窓のそばにいるからびっくりして、そしたら、レイラがぼくの顔じっと見つめて、それから顔の匂いをくんくん嗅いできたんだよ」

「へえ」

返事をしながら、学はレイラの顔を盗み見た。犬にとって相手の目を正面から見据えるのは喧嘩《けんか》を売っているのと同じだ。だから、レイラは決して学以外の人間とは目を合わせようとはしない。学との間には信頼関係が築けているから平気だが、他人とはどんなトラブルが起こるかわからない。当然、人間の顔の匂いを嗅ぐこともない。

いや、一度だけレイラが学の顔の匂いを嗅いだことがある。前の妻が死んだ夜だ。ベッドに倒れ込んで泣いていると、レイラがやって来て顔の匂いを嗅ぎ、頬に伝った涙を舐め取ってくれたのだ。

学はレイラから悠人に視線を移した。屈託のない笑みは変わっていない。

「そしたら、レイラがぼくの顔を舐めて、鼻でリードをつんつんしたんだよ。散歩に行こうって」

「よかったわねえ、悠人」

「うん。ちょっと引っ張られて大変だったけど、三十分ぐらい歩き回ってきたんだ」

「ぼくの代わりを務めてくれてありがとう」学は言った。「でも、どうしてレイラは悠人の顔の匂いを嗅いだりしたんだろう?」

途端に悠人の表情が凍りついた。手品師が鳩《はと》を消すように、屈託のない笑みも瞬《また》く間に消え失《う》せた。

「悠人? どうしたの?」

理恵が悠人の顔を覗《のぞ》きこんだ。悠人は顔を背けた。

「なんでもない。ごちそうさま」

無愛想に言って、悠人は食卓を離れた。理恵が呼び止めようとしたが、駆け足で居間を出ていった。

「どうしたのかしら、あの子ったら急に……」

「学校でなにかあるんじゃないのか」

「なにかって?」

「たとえば、いじめに遭ってるとかさ」

「まさか。そんなことなにも言わないわよ、あの子」

「レイラが人の顔の匂いを嗅ぐのは、その人間が泣いてるからなんだ。前にもそういうことがあったんだよ。学校から戻ったとき、悠人は泣いてたんじゃないかな。だから、レイラが慰めたんだ」

「それ、本当？」

理恵はレイラに顔を向けた。レイラが立ち上がる。ご飯の時間が来たと早とちりしているのだ。

「レイラ、本当に悠人が泣いていたの？」

レイラは横目で理恵を見た。なにを言っているのかさっぱり理解できないという表情を浮かべていた。

「間違いないって。悠人が泣いていたから、レイラはいつもと違う態度を取ったんだ」

理恵が箸を置いた。

「わたし、ちょっと話を聞いてくる」

「ぼくも行こうか？」

理恵は一瞬躊躇《ちゅうちょ》してから首を振った。

「とりあえず、わたしだけで聞くわ。あなたがいると話がややこしくなるかもしれないし……」

「ああ、そうだね」

胸をよぎっていく寂しさを押し隠し、学はうなずいた。

＊＊＊

二階は静かだった。時折、理恵の押し殺した声が流れてくるが、悠人の声は聞こえない。

学は洗い物を終えるとソファに腰掛け、レイラを呼んだ。ご飯を食べ終えた彼女は満足そうだった。

レイラは身軽にソファに飛び乗り、身体を伏せると学の太股《ふともも》に顎を乗せた。学はその頭を撫でた。レイラは欠伸をし、目を閉じる。

「悠人を慰めてやったのか？」

レイラの耳が持ち上がったが、それだけだった。レイラは眠りにつこうとしている。

「群れだから、慰めてやったのか？」

もう耳が動くこともなかった。レイラが息をするたびに、背中が規則正しく上下する。

このまま、夜の散歩の時間まで安眠を貪《むさぼ》るのだ。

ボルゾイというのは俊敏とか機敏を意味するロシア語だ。ボルゾイは人間の狩りを助けるためにロシアで改良され、誕生した。流線形をした頭部、細長い身体はすべて、速く走るため——狼《おおかみ》より速く走るためにそう作られたのだ。

狼を狩る。そのためには獲物を見つけたら瞬時に追いかけなければならない。それは飼い主から離れて行動することを意味する。だから、ボルゾイは自分で判断することを望むのだ。人間に忠誠を誓いはするが、頭ごなしに命令されるのは好きではない。勝手気ままに見えてしまうのは、そんなボルゾイの血筋のせいだった。

レイラは前の妻が一目惚《ひとめぼ》れして飼うことになった犬だった。前妻はボルゾイの無駄のない優雅な肉体美に惚れ込んだだけだった。ボルゾイという犬種のなんたるかを理解しないまま迎え入れ、散々な目に遭った。

しかし、それも遠い昔。今ではレイラは学の望むことを瞬時に察知し、学もまたレイラの望みをたやすく理解できるようになっている。

「そうか。レイラ、おまえはとにもかくにも悠人を群れの一員として認めたんだな」

学は呟いた。レイラはすっかり寝入っている。学が仕事で出かけている間、一睡もせずに帰りを待っているのだ。腹がくちくなれば眠気に襲われるのも当然だろう。

「ありがとう、レイラ。でも、悠人がおれを家族として認めてくれるのはいつのことになるのかな……」

学は天井を見上げ、溜息を漏らした。

川沿いの公園までは自転車を押してゆっくり歩いた。レイラも心得たもので踊るような足取りで学のスピードに合わせてくれている。

道路で無闇に走ろうとしてはいけない。そのことをレイラに理解させるのには二年半の歳月がかかった。レイラは走るために生まれてきた。いつだって走りたくてうずうずしているのだ。

＊＊＊

川沿いの公園は人の姿もまばらだった。小型犬を散歩させている人々がちらほらと目に留まるぐらいだ。土手沿いに作られたサイクリングロードまで行くと、学はサドルに跨《また が》った。十万円近い値段がしたロードレーサーは、レイラの運動不足を解消するために買った。今では、自分の運動不足を解消するために使っている。

「行くぞ、レイラ」

声をかけると、レイラの身体が沈んだ。サイクリングシューズをペダルにしっかりと固定して踏み込む。レイラが走りだすとリードがぴんと伸びた。学は歯を食いしばり、遮二無二ペダルを漕《こ》いだ。タイミングよくギアを上げていく。

学の真横でレイラの肉体が躍動している。細長い顔に歓喜が爆発している。街灯の明かりを受けた毛がきらきらと輝いている。

走れ、走れ、走れ。

こんな大都会におまえを連れてきてしまったおれの償いだ。この身体が悲鳴をあげるまで漕いでやる。だからレイラ、おまえも走れ。

気分が高揚する。レイラと一緒ならこのまま地の果てまで走っていけそうな気がしてくる。だが、そんなものは幻想だ。五分もペダルを漕ぎ続けていると息があがってくる。肺が悲鳴をあげる。

限界までもがき続け、やがて学は脚から力を抜いた。時速四十五キロ前後を行き来していたデジタルのスピードメーターの数字が急激に落ちていく。

リードが伸びきった瞬間、レイラも全力疾走をやめた。学の真横に並んだまま、速歩《トロット》で駆ける。ちらりと学を見るその目は、走り足りないと訴えていた。

「わかってるよ。今日は三往復つきあってやる。それでいいだろう？」

レイラがうなずいた。もちろん、ただの思い込みだ。犬がうなずくわけがない。犬を擬人化しすぎるのは危険だが、擬人化しなければ一緒に暮らしていく意味がない。

「よし、戻るぞ。今度はもう少し頑張るからな」

呼吸が整ってきたところで学は自転車を旋回させた。サイクリングロードにはだれもいない。学とレイラのためにだけ用意された花道だ。

「行くぞ、レイラ」

学は再びペダルを漕ぎはじめた。

＊＊＊

汗まみれになって帰ってくると、理恵がしかめっ面でソファに座っていた。レイラがそこはわたしの場所よと言わんばかりにソファに飛び乗り、理恵に身体を押しつける。理恵はソファの隅に移動した。

「どうだった？」

理恵は首を振った。

「黙りこくってなにも話してくれないの」

「間違いなく学校でなにかあるな……」

「やっぱり、いじめかしら？」

今度は学が首を振った。

「決めつけない方がいいけど……来週、一緒に学校に行こうか？」

「仕事、いいの？」

「半日ぐらいなら休めるよ。可愛《かわい》い息子のためだから。君ひとりで行くより、一緒の方がいいだろう？」

「ありがとう」

理恵の顔が歪んだ。学は理恵の手を取って立ち上がらせた。そっと抱きしめる。

「礼なんていいよ。ぼくたちは家族じゃないか――」

「ちょっと、なによ。汗まみれじゃない」

理恵が叫んだ。確かに、サイクリングウェアは汗でびしょ濡れだった。

「ごめん、ごめん。ついうっかり――」

「いいから、早くシャワーを浴びてきて」

理恵に睨まれ、学はすごすごとバスルームに退散した。

＊＊＊

スウェットに着替え、タオルで髪の毛を拭いながらバスルームを後にした。理恵は携帯でだれかと話している。悠人の同級生の親だろう。

電話はしばらく終わりそうになかった。学は冷蔵庫から缶ビールを取りだし、飲んだ。テレビをつけたが見るべき番組はなにもない。缶ビールを持ったまま二階へ移動した。

悠人の部屋の様子をうかがう。物音ひとつ、聞こえてこない。

「悠人？」

声をかけてみたがやはり返事はなかった。そっとドアを開けた。悠人は勉強机に突っ伏して眠っていた。

「やれやれ」

学は部屋に入った。机の隅に缶ビールを置き、ベッドの掛け布団をめくった。起こさないように気を遣いながら悠人を抱き上げる。思っていたより悠人は重かった。毎日接しているとわからないが、日々成長しているのだ。

ベッドに横たえ、布団を掛けてやる。悠人は目を覚まさなかった。

廊下を進んでくる足音がした。振り返ると、レイラが部屋に入ってくるところだった。

「おいで」

学が声をかけるとレイラが進んできた。学の横に立って悠人を見下ろす。間違いなく、目下のものを見る目つきだった。

いいだろう。いずれ、悠人が成長すればレイラとの上下関係は必ず逆転する。それまではお姉さんぶっていればいい。

「その代わり――」レイラの頭を撫でながら学は言った。「お姉さんならお姉さんらしく、悠人のことをちゃんと守るんだぞ。いいな、レイラ」

レイラはなんのリアクションも見せず、ただじっと悠人を見下ろしていた。

5

悠人は足音を殺して階段を降りた。居間は真っ暗だったが、目が暗闇に慣れたおかげで家具などの位置はぼんやりとわかる。

悠人は部屋の隅に置かれたサイドボードを目指した。一番下の抽斗《ひきだし》の一番奥にお金が入っている。万が一の時のためにと母が隠しているものだ。

五千円をくれと言えば、なにに使うのかと訊《き》かれるだろう。理由を話すことはできない。だが、自分で五千円を貯めるのはほとんど不可能だった。

「借りるだけだから」悠人は呟いた。「お小遣い貯めて必ず返すから」

生唾を飲みこみ、抽斗を開けた。次の瞬間、唸り声が耳に飛び込んできた。心臓が鳴った。悠人は振り返った。暗闇の中で、レイラのふたつの目が光っていた。

「レイラ……」

レイラが近づいてくる。唸ってはいるが、この前のように牙を剝いているわけではない。怒っているというよりは、そんなことやめなさいとたしなめられているようだった。

「レイラ、見逃してよ」悠人は懇願した。「五千円がないと、パパの写真破り捨てられちゃうんだ」

レイラは悠人の目の前で立ち止まった。唸ったまま悠人を見つめている。

「パパの写真、あれ一枚しかないんだよ。他の写真はママがマナブさんと結婚するとき、全部実家に送っちゃったんだ」

レイラの唸りはやまなかった。悠人がその唸りを無視したら、次はきっと牙を剝く。

「そうだよね。どんな理由があっても、お金を黙って持っていくのはよくないよね」

悠人は肩を落とした。すると、レイラが舌を伸ばし、悠人の頰を舐めた。いい子だね——そう言われた気がした。

「なんだよ、犬のくせに」

悠人は唇を尖《とが》らせた。だが、不思議なことに部屋を出てきたときの心の重さは消えていた。

「ぼく、頑張ってあいつらから写真を取り返すよ。殴られたって絶対に泣かないんだ。約束するからね、レイラ」

悠人はレイラの頭を撫でた。レイラはぷいとそっぽを向き、悠人から離れた。ソファに飛び乗って伏せる。そのまま目を閉じ、眠りについた。

＊＊＊

「行ってきます」

声を張り上げて、悠人は家を出た。リードがぴんと張る。レイラが先を急ぎたがっていた。

「もっとゆっくりだよ、レイラ」

悠人は両腕に力をこめた。気を抜けばリードはすぐに手を離れてしまう。

普段なら、土日の散歩は全部マナブさんが行く。だが、昨日と今日は悠人が夕方の散歩を買って出たのだ。レイラが自分から散歩に行こうと誘ってくれたあの日から、なんだかレイラとの仲が急接近したように感じていた。

昨日の夜もそうだ。悪者になるところをレイラが止めてくれた。

悠人は小走りになった。レイラは走っているわけではないが、先を急ごうと足を速めている。走らなければ追いつけない。

住宅街を抜け、広々とした通りに出た。その通りを渡ってしばらく進むと川沿いに作られた広い公園に出る。その公園をぐるりと一周してから家に戻るのが悠人とレイラの散歩コースだった。

公園に入ってすぐだった。数百メートル先を散歩している小型犬が目に入った。トイプードルかなにかだろうか。とにかく、小さくて黒い犬だ——悠人がそう思った瞬間、手に強い衝撃が来た。リードに強い力がかかったのだ。衝撃の強さに思わず手を放した。

「レイラ」

そう叫んだときには、レイラはもう数十メートル先を走っていた。心臓が凍りつく。レイラは間違いなく数百メートル先にいる小型犬を追いかけようとしていた。

「レイラ」

悠人も駆けだした。だが、レイラとの差はどんどん開いていく。本気で走るレイラを見るのは初めてだった。速い。まるでF1のレーシングカーのような速さだ。とてもじゃないが追いつけない。

「でも——」

悠人は走り続けた。マナブさんの代わりにレイラの面倒を見ると約束して散歩に出てきたのだ。なんとしてでもレイラを連れ帰らないと。

レイラに気づいた飼い主が小型犬を抱き上げた。レイラはその飼い主の横を駆け抜けていく。

「こいつは一度走りだしたら、頭がどうにかなっちゃうんだ」マナブさんの声が頭によみがえった。「とにかく、走って走って走りまくる。満足するまで走り続けるんだ。だから、絶対にリードを放しちゃいけない」

レイラは走り続けていた。レイラの姿はどんどん小さくなり、米粒より小さくなった。米粒はやがて消えた。

「レイラ……」

悠人は呆然とつぶやき、走るのをやめた。

＊＊＊

レイラは見つからなかった。公園を隅々まで捜しても、公園から家までの道のりを捜し回っても、どこにもその姿はない。

悠人はくたびれ果て、いつもの小さな公園でブランコに腰を下ろした。胸の中はもやもやしたもので一杯になり、頭もうまく働かない。

このままレイラが見つからなかったら、マナブさんはとっても悲しむだろう。いや、マナブさんだけじゃない。ママもぼくも泣きたいほど悲しくなるに決まっている。

「全部ぼくのせいだ」

悠人は俯いた。涙が目からこぼれ落ちた。

「おい、悠人じゃねえか。なに泣いてるんだよ」

下品な声が響き渡った。西田康平の声だ。涙を拭きながら顔をあげると、齋藤正樹とその仲間たちがこっちに向かってくるところだった。悠人は慌てて立ち上がった。

「おい、あいつ、逃げる気だぞ」

西田康平の声に足音が続いた。加藤謙太が駆けてくる。齋藤正樹は足が遅いが、加藤謙太はクラス一の俊足だった。それに、悠人は疲れ切っていた。すぐに追いつかれ、腕を摑まれる。

「マーちゃん、やっぱりこいつ、泣いてるよ。目が真っ赤」

「放せよ」

悠人は抗《あらが》ったが、加藤謙太は摑んだ腕を放さなかった。

「まさか、写真取られたからって泣いてるんじゃねえよな？」

西田康平が意地悪な笑いを浮かべながら悠人の胸を小突いた。

「泣かなくてもいいよ。金持ってきたら返してやるんだから」西田康平はポケットから写真を取りだした。「ほら、まだ破かずに取ってある」

「放せ」

悠人は胸を張って叫んだ。

「なんだと？　だれに口利いてるんだ。おまえ、マーちゃんのこと怖くないのかよ」

「先生に言ってやる。おまえたちに殴られてお金を持ってこいって言われたって——」

「ふざけんなよ、悠人」

西田康平がまた胸を小突こうとした。悠人はそれより先に西田康平の股間を蹴った。

西田康平が悲鳴をあげ、うずくまる。

「やる気か、てめえ」

齋藤正樹の顔つきが変わった。途端に勇気が萎んでいく。西田康平や加藤謙太なら頑張って張り合うこともできる。でも、齋藤正樹は大きすぎた。殴られたら西田康平の百倍痛い。

「びびってるなら最初から調子に乗らなきゃいいんだ。おい、おまえら、悠人を押さえろ」

加藤謙太ともうひとりに両腕を摑まれた。齋藤正樹が大きな石のような拳を振り上げた。

殴られる――悠人は目を閉じた。だが、いつまで待っても拳は飛んでこない。代わりに、地の底から響いてくるような唸り声が聞こえた。

悠人は目を開けた。公園の入口にレイラがいた。レイラは身体を低くして齋藤正樹たちに牙を剝いている。

「なんだよ、この犬」

加藤謙太が震える声で言った。全員が齋藤正樹の背中に隠れるようにしてレイラを見つめている。

「ま、マーちゃん」

だれかが言ったが、齋藤正樹は答えない。顔が汗だらけだった。

悠人はレイラを見た。思いきり牙を剝き、低い声で唸り続けているが目だけが違った。怯えている。あの目はマナブさんに叱られる時の目だ。レイラは知らない人間を相手にするのを怖がっているのに、悠人のために戦おうとしてくれている。

ぼくだって——悠人が握り拳を作ったその瞬間、それが合図だったと言うようにレイラが吠えた。初めて聞く野太い声だった。

齋藤正樹が真っ先に逃げ出した。他の連中もその後に続く。その背中に向かってレイラがけたたましく吠えた。

「レイラ、ノー」

悠人はレイラを止めた。レイラはすぐに吠えるのをやめた。怯えていた目がいつもの目に変わり、鼻先で悠人の頬をつついた。

大丈夫?——そう訊いている。

「大丈夫だよ。ありがとう、レイラ」

悠人は屈んだ。足もとに写真が落ちていた。父の写真だ。慌てた西田康平が落としていったのだ。拾い上げ、微笑む父の顔を見る。汚れを丁寧に落としてから財布にしまいこんだ。

「レイラ、助けてくれたのはありがたいけどさ、急に走りだしたらだめじゃないか。どれだけ捜したと思ってるんだよ」

リードがレイラの胴体に絡まっていた。リードを首輪から外してほどき、つけ直す。

「今度あんなことしたら、ぼく、もう二度とレイラとは散歩に行かないんだから」

そう言いながらリードを引く。レイラが素直についてきた。

「でも、やっぱり、ありがとう、レイラ」

顔を覗きこむと、レイラは瞬《まばた》きを繰り返した。なんだかレイラが照れているみたいでおかしかった。悠人は破顔した。

「さ、帰ろう」

二度と放してしまうことがないよう、リードを何重にも手首に巻きつけた。

「どこをほっつき歩いてたの？　よく車に轢《ひ》かれなかったね。ぼく、ほんとに心配してたんだから」

家に向かいながらあれやこれやとレイラに語りかける。そのすべての言葉にレイラが耳を傾けてくれているような気がした。

家まであと数分というところで、向こうから見覚えのある自転車がやって来た。マナブさんだ。悠人たちの帰りが遅いので様子を見に来たのだろう。レイラがしきりに尻尾を振っている。悠人は尻尾の代わりに手を振った。

「なにかあったのか、悠人？　帰りが遅いからママが心配してるぞ」

「ちょっとね。でも、ぼくとレイラの秘密」

悠人はリードをマナブさんに手渡した。さっきまでとは違って、レイラが子供のような顔をして喜んでいる。

「そうか。無事ならいいんだけど。レイラが迷惑かけたか?」

悠人は思いきり首を振った。

レイラはマナブさんのことが大好きなのだ。だったら、マナブさんは絶対に悪い人じゃない。ママを泣かせたりはしない。

今すぐには無理だけど、いつかマナブさんをパパと呼ぶ日が来るのだろう。

そう思うとなんだかやっぱりおかしくて、悠人は俯いて微笑んだ。

柴

Shiba

1

雪がすべてを覆い隠していく。

わたしは鉛色の空を見上げた。重たく湿ったボタ雪が頬に落ちて溶けた。雲は東の地平線近くで切れていた。西へ向かうほどに雲の厚みと色の濃さが増していく。

雪は公平にすべてのものの上に降り積もる。あの大地震と津波がもたらした破壊の跡を、そのまま放置された警戒区域の惨状を覆い隠し、白一色に塗りつぶしていく。

降るな——わたしは思う。隠してはいけない。この地域が見舞われた厄災と、この国の政府の無能ぶりを示す景色は常に人々の目にさらされているべきなのだ。

「神田《かんだ》さん、急ぎましょう」

田口《たぐち》に促されてわたしは我に返った。すでに他のメンバーたちが車に乗り込んでいる。

「雪が積もってきたおかげで動物たちの足跡を追跡できるかもしれませんね」

「そうですね」

わたしは田口と肩を並べてメンバーたちの後を追った。

そうなのだ。雪はすべてを覆い隠してしまう。しかし、その上を歩いた動物たちの足跡が刻まれることも確かだ。我々には僥倖《ぎょうこう》とも言える。

わたしはザックをミニバンの荷室に放り込んだ。中にはドッグフードにキャットフード、数本のリードや首輪が入っている。他のメンバーたちのザックの中身も似たようなものだろう。全国各地の有志が動物保護団体レスキューライヴズに送ってきてくれたものだ。

「許可された期間のうちに、できるだけ多くの動物たちを救いましょう」

田口が言った。わたしは無言でうなずく。

国と福島県が警戒区域に取り残された動物たちを保護するためのガイドラインを発表したのがつい先日のことだ。大震災が発生してから九ヶ月が経《た》とうとしていた。このガイドラインによって、規定を守れば民間の動物保護団体も警戒区域に入れるようになったのだ。

それ以前は、真夜中に密《ひそ》かに侵入するしか方法がなかった。街頭やネットで署名を集めて国に圧力をかけつづけ、やっとガイドラインができあがったのだ。

しかし、警戒区域への立ち入りは期間が限定されている。その短い間にできるだけ多くの動物を保護しなければならなかった。

＊＊＊

ミニバンは住宅地域を走っていた。時折スピードを落としては雪の上の痕跡を助手席の田口が確認する。雪はやむ様子がなく、積雪も三センチ近くになっていた。急がなければ、せっかく雪面についた足跡も降り続ける雪に覆われて消えてしまう。

だが、わたしはぼんやりと窓の外を見つめていた。警戒区域に立ち入るたびに、心が過去へと飛んでしまうのを止められないのだ。もうしばらく進めば、津波に破壊された町並みが見えてくる。そこに、わたしの生まれ育った家の残骸がある。

わたしはこの町で生まれ、十八で東京の大学に進学するまでこの町で暮らした。大学を卒業し、就職し、結婚し、離婚し——人生の年輪を増やすごとに帰省する頻度は減っていったが、わたしは間違いなくこの町の人間だった。

大地震と津波が東北沿岸を襲ったその時、わたしはイタリアにいた。新しく仕入れるワインの試飲のために、トスカーナ地方の田舎町を訪れていたのだ。夜、ホテルの部屋に戻りテレビをつけて津波の映像に驚いた。

これはどこだろう？　そう暢気《のんき》に考えたのはテレビチャンネルがイタリア語の放送だったからだ。仕事に関しては多少のイタリア語を使うが、日常会話となるとまだまだだった。津波に流される漁船の船腹に漢字が書かれているのに気づいて慌ててチャンネルを切り替えた。

CNN。英語ならかなり理解することができる。

愕然《がくぜん》とした。地震と津波は日本を襲ったものだった。繰り返し流される津波の映像。その下に流れるテロップは気仙沼《けせんぬま》、石巻《いしのまき》などなど太平洋沿岸の東北の町の名前だった。わたしの故郷からさほど離れていない地域の名前だ。

テレビから流れる映像に目を奪われながら電話をかけた。いまは母ひとりしか住んでいない実家の番号は頭に刻まれている。電話は繋《つな》がらなかった。慌てて携帯を取りだし、アドレス帳から母の携帯に電話をかけ直した。電話は繋がらなかった。妹に電話をかけた。繋がらなかった。何度かけても電話は通じなかった。

そのうち、画面下のテロップに福島という文字が表示された。原子力発電所が津波にのみこまれた模様だとキャスターが早口の英語でまくし立てていた。

持ち歩いているiPadの電源を入れ、ネットで検索をかけた。情報が錯綜《さくそう》していた。確かなのは地震の影響で日本国内では携帯が繋がりにくくなっているということぐらいだった。

妹にメールを送った。詳しい情報を教えてくれ。おふくろはどうなった？

妹は仙台に住んでいる。仙台も地震の被害に遭ったのはわかっていたが、いてもたってもいられなかった。中学、高校時代の友人にも片っ端からメールを送り、東北地方とはなんの関係もない知人友人にもメールを書いた。

おれは今、イタリアにいる。日本はどうなっている?

だれからも返事は来なかった。CNNの放送を見ながら、まんじりともせずに夜明けを迎えた。

＊＊＊

「足跡だ。足跡が見えるぞ」

田口の声に車内に緊張が走った。双眼鏡を目に当てるメンバーもいる。わたしはマスクの位置を調整した。この時期、防寒具は当然として帽子にゴーグル、マスクは必需品だ。国が意味もなくこの辺りを警戒区域に指定しているわけではない。

田口が指差す先——数百メートルほど東の雪の上に一筋の線が走っていた。おそらく犬の足跡だ。ミニバンがさらに速度を落とした。震災から九ヶ月。犬たちは人間に対する警戒心を日々強めている。犬たちの活動の痕跡を見つけても、接近、保護するのは非常に難しい。それも、警戒区域に取り残された動物たちの保護を困難にしている要因のひとつだ。

人間たちが見捨てた、見捨てざるをえなかった犬たちに、我々レスキューのメンバーが見捨てられている。そんな感覚を抱くこともしばしばあった。

ミニバンが停《と》まった。田口がわたしに向かってうなずいた。他のメンバーを残して車を降りる。

「中型犬ですね」

わたしは言った。肉球のサイズからいって体重十五キロから二十キロの犬の足跡だ。この数ヶ月の間で足跡を見ただけで犬のサイズが瞬時にわかるようになっていた。

足跡は東へ百メートルほど進んだ後、南に向かっている。ここを通ってまだそれほど時間は経っていないはずだ。目を凝らしてみたが犬の姿は見えなかった。

田口がミニバンの荷室からドッグフードを持ってきて、足跡の近くに置いた。ここに来れば餌にありつけると犬が認識してくれれば保護がしやすくなる。いや、それ以前に、犬の餓死を防ぐことができる。

飢えで死んだ動物たちの死骸を見ることほど辛《つら》いものはないのだ。

「とりあえず、追跡しましょう」

わたしは田口に声をかけた。ここからは車ではなく自分たちの足を使うことになる。ミニバンに残ったメンバーは他の痕跡を探すのだ。

わたしと田口は足跡を追いはじめた。津波にのみこまれた地域がすぐ先に見える。わたしの実家もあそこにあったのだ。

今は基礎しか残っていない。優しかった近所のおばちゃんの家も、友達と遊んだ公園もなにもかもが完膚無きまでに破壊され、そのまま放置されている。

他の被災地ではわずかながらも復興が進んでいる。しかし、福島第一原発からほど近いこの辺りでは手つかずのままだ。3・11から時間が止まったままでいる。

わたしは溜息《ためいき》を押し殺し、犬の足跡に集中した。

2

妹からメールの返信があったのは三月十三日だった。住んでいるマンションに多少の被害はあったが妹も義弟も甥《おい》っこも無事。母の安否は不明。被災地はライフラインが破壊されたのはもちろん、携帯電話も通じず、被害状況がまったくつかめないと妹は文法の乱れた文章で綴《つづ》っていた。

同じ故郷を持つ幼馴染《おさななじ》みたちからもぽつぽつと返信が来た。どれも内容は同じだった。混乱を極め、被災地の様子はまったくわからない。

一刻も早く帰国したかったが、各航空会社は日本行きの便の運航をすべて見合わせていた。いつ飛ぶかはだれにもわからない。わたしは韓国行きの便を手配し、飛行機に飛び乗った。韓国まで行けば、日本の航空会社が便を出しているだろう。そうでなかったとしても、船で日本に入国できるはずだった。

わたしの読みは当たった。韓国で関西国際空港行きの便に乗ることができたのだ。東京の自宅マンションになんとか辿《たど》り着き、手に入るかぎりの情報を片っ端から集めた。CNNが映像で伝える以上のカタストロフィが東北沿岸を襲ったことを知り、愕然とした。福島第一原発は非常用電源が失われ、炉心を冷却する手段がなくなっていた。建屋で水素爆発が起こり、いつメルトダウンがはじまってもおかしくない状況らしい。

「だから嫌だったんだ」

わたしはだれにともなく呪詛《じゆそ》を呟《つぶや》いた。物心がついたころから原発はすぐそばにあった。親たちは原発が視界に入ると眉をひそめ、しかし、原発によって町に流れ込んでくる金は喜んで受け取っていた。学校では原発は安全だと教わった。そんなのが嘘《うそ》っぱちだということは親たちの態度を見ていればすぐにわかった。

だが、原発はそこにある。我々にはその暮らしを受け入れるより他に選択肢がなかった。

故郷へ飛んでいきたかった。母の安否を確認したかった。放射能に汚染されていようがかまいはしない。

しかし、被災地への車の出入りは厳しく制限されていた。

もどかしさと共に老いた母の顔が脳裏に浮かぶ。

電話をかけまくり、友達の知り合いのそのまた知り合いがマスコミ関係で働いており、二日後に取材のために被災地へ赴くという話を聞いた。恥も外聞もなく懇願し、その取材に同行させてもらうことになったのだった。

＊　＊　＊

田口が前方を指差した。一キロほど足跡を追ってきたところで、足跡が複数に増えていた。一匹で行動していた犬が他の犬たちと合流したのだ。全部で五匹。中型犬が二匹で、残りは小型犬だった。

「神田さん……」

五匹の足跡は南西の小さな山に向かっている。

「五匹か。一挙に保護できたら最高なんですけどね」

「あまり期待はしないで、一匹ずつ保護することを心がけましょう」

わたしは言った。生存の痕跡を見つけ、なんとか接近しても犬たちの体力、敏捷性《びんしょう》は我々のかなうところではない。もう一歩のところで逃げられ何度歯嚙《はが》みしたことだろう。まだ人間に依存している犬たちは楽だ。こちらが優しい声をかけ、食べ物をちらつかせれば向こうから飛んでくる。

問題は自立心の旺盛な犬たちだった。彼らは自らの力で食べ物を探し当てる。いつだって警戒心をあらわにして知らない人間には決して近づいてこない。

彼らを保護するのは至難の業だった。

雪はさらに激しさを増していた。せっかく見つけた足跡ももうかなり薄れている。あと三十分もすれば完全に雪に埋もれてしまうだろう。

「急ぎましょう」

わたしは田口を促し、足跡を追って歩きだした。

＊＊＊

母を見つけたのは被災地に入った一週間後だった。身元不明の死体として、隣町の小さな寺の本堂に横たえられていた。

涙は出なかった。母の遺体のそばに膝をつき、ただ呆然《ぼうぜん》と死に顔を見つめていた。母の顔は苦痛に歪《ゆが》んでいるわけでもなく、かといって安らかなわけでもなかった。突然降りかかってきた死に、なにかを考える前にのみこまれた。そんな表情だった。スウェットの上下にダウンジャケットを羽織っただけの軽装だった。慌てて家を出たことがうかがえた。右手にはリードが握られていた。風太《ふうた》と一緒に逃げようとしたのだろうか。だが、細い革製のリードは先端が千切れ、繋がっているはずの首輪も見あたらなかった。

風太は逃げたのか？　母は風太を捜し求めて津波にのみこまれたのか？

「東京でおれと一緒に暮らそう」

母にそう訴えたのは父の四十九日が終わった直後だった。母は静かな笑みを浮かべ、しかし断固として首を振った。生まれ育った町を離れるつもりはない。わたしがいなくなったら父さんだって寂しがる。

母を説得する言葉をわたしは持たなかった。母を東京に連れて行く代わりに、知り合いからもらい受けた子犬を母にプレゼントした。ひとり暮らしの寂しさを紛らわせてくれるだろうと思ったのだ。

それが風太だ。柴《しば》の雄《おす》だった。

ちょくちょく実家に顔を出す妹の話によれば、母はかいがいしく風太の世話を焼いていたらしい。妹が嫉妬するほどの溺愛ぶりだった。風太もそんな母によくなついた。

しかし、風太は柴だった。和犬の雄だ。母にはなんの抵抗もなく腹を見せて甘えても、成長するにつれて他人に攻撃的な行動を示すようになった。風太にとって家族とは母だけで、妹はときたまやって来る準家族、それ以外の人間は群れに脅威となる敵でしかなかった。ご近所さん、郵便配達に宅配便、家に近づく者すべてに風太は吠《ほ》え、牙を剝《む》いた。そのせいで、家を訪ねて来る人間が激減したらしいが、母は気にする素振りも見せなかった。風太がいればそれでよかったのだ。

わたしもまた、風太にとっては他人でしかなかった。帰省するたびに吠えられ、牙を剝かれ、どれだけ機嫌を取ろうとしてもなついてはくれなかった。年に一度ぐらいしか顔を見せないのだからそれも当然だった。

「おれはおまえとおふくろのキューピッドだぞ」

牙を剝き、唸《うな》る風太に何度そう語りかけただろう。わたしがいなかったら、おまえはおまえの大好きなおふくろに会うこともできなかったんだ。そういう思いを込めて言葉を紡ぐと風太が怯《ひる》んだ様子を見せるのがおかしかった。

母は朝と夕、それぞれ一時間をかけて風太を散歩に連れて行った。時に海へ、時に山へ。母の身体《からだ》からは贅肉《ぜいにく》が落ち、顔つきも精悍《せいかん》さを増していった。母は幸せそうだった。

「ありがとう、風太」

妹が風太にそう言っているのを聞いたことがある。わたしも妹も風太には感謝していたのだ。風太はいつも母と一緒だった。生まれ故郷を捨てて都会に出た息子と娘の代わりに母を愛し、母に愛され、母に守られ、母を守っていた。

その風太がいない。

リードを握りしめた母の手はしっかりと閉じられていた。迫り来る津波の恐怖にもかかわらず、母は風太を伴って逃げようとしたのだ。しっかりとリードを握り、決して離れまい、見失ったりはしまいと走ったはずだ。

なのに、風太はいない。母のそばにいないのだ。

はじめは死んだのだと思っていた。風太が生きているなら、母のそばを離れるはずがない。津波にのまれ、リードが切れ、風太は母と離ればなれになって死んでしまった。

母が死んだときの様子を知りたかった。風太がどうなったのか知りたかった。

避難所という避難所を歩き回り、顔見知りを捜した。やっと実家の近所に住んでいた人を見つけても返ってくる言葉は同じだった。

「自分が逃げるのに無我夢中でお母さんのことはよくわからない」

もちろん、風太の行方を知る人間もいなかった。

被災地に取り残された家畜やペットがまだ生きていると報道されたのはいつのことだったろうか。

母の葬儀を済ませたわたしは東京に戻っていた。たまたまつけたテレビのニュース番組で知ったのだ。被災地で取材をしていたテレビクルーが犬の群れを見つけ、カメラで追っていた。純血種から雑種まで、犬の種類は様々だったが、みな、首輪をつけていた。

わたしはパソコンを立ち上げ、ネットで検索をかけた。YouTubeにいくつもの動画がアップされていた。すべての動画に目を通し、わたしは風太を見つけた。

その動画もまたテレビのニュース番組のものだった。映像ははじめ、わたしの生まれ育った地区を映していた。リポーターが津波と原発事故という二重の厄災に襲われた町の様子を沈痛な面持ちで語っている。その時、画面の右隅を数匹の犬の群れが横切ったのだ。

カメラが向きを変えた。ズームで犬たちを追う。先頭を走っているのは和犬だった。もっとアップにしろ——もどかしい思いを嚙みしめながらわたしは画面に見入った。先頭の和犬がカメラを振り返った。わたしは生唾を飲みこんだ。風太だ。間違いない。画面は不鮮明だったが、母にせがまれて東京のペットショップでわたしが買った首輪ははっきりと覚えている。

風太は生きているのだ。

覚束《おぼつか》ない足取りでリビングに移動し、母の位牌《いはい》の前に座った。

「風太をお願い」

位牌がそう語りかけているような気がした。

3

犬たちの足跡は我々を翻弄するかのように唐突に行き先を変え、しばらく進んではまた方角を変えていた。

「頭のいい群れですね」田口が言った。「いや、リーダーが頭がいいのか」

わたしはうなずいた。群れは自分たちが追跡されていることに気づいているのだ。

「やり方を変えましょう」

わたしは言った。犬たちと追いかけっこをして人間が勝てるはずがない。これまでの経験でよくわかっていた。

「おそらく、あの神社の境内がやつらのねぐらです」

「そうでしょうね」

整然としていた足跡が神社付近で乱れていた。ねぐらに戻るつもりが、我々の追跡に気づいたリーダーが行き先を変えたのだ。足跡の乱れは他の犬たちが戸惑った証拠だ。

「待ち伏せですか？」

「ええ。このまま後を追い続けるより可能性は高いと思います」

我々は踵《きびす》を返し、神社に向かった。作戦変更と言えば聞こえはいいが、要するに餌で釣ろうという魂胆だった。警戒区域に取り残された動物たちは飢えている。リーダーがどれだけ我々を警戒しようと、餌の匂いに釣られて離脱する犬が出る可能性は高かった。

神社の鳥居の下でザックをおろし、中からプロセスチーズやジャーキーを取りだした。ドッグフードなどより嗜好《しこう》性の高いもの、匂いの強いものの方が効果がある。

わたしが餌を置いている間、田口は折り畳み式のケージやリードと一緒になった首輪を用意していた。もし、ケージで飼われていた犬がいれば中に入ってくる可能性もある。首輪はそうではない犬たちを保護するために必要だった。

「食べに来てくれますかね」

田口が言った。

「どれだけ飢えてるかによるでしょう。飢えてると思いますよ」

苦い思い出がよみがえり、わたしは小さく首を振った。

＊＊＊

警戒区域に取り残された動物たちを保護しようという動きは急速に広まった。いくつものボランティア団体が発足し、行政と対立しながらゲリラ的に警戒区域に侵入し、動物たちを保護しはじめたのだ。

居ても立ってもいられなかった。母のために風太を見つけ、保護しなければ。ボランティアたちの博愛主義的な動機に比べればわたしのそれは矮小《わいしょう》なものだった。それがわかっていてなお、わたしは自分の衝動を抑えることができなかった。

幸い、一年ぐらいはなんとか食べていけるだけの蓄えはあった。仕事でつきあいのある会社やレストランに断りを入れ、わたしは一年間休職することにした。独り者の、そして個人事業主の気楽さだ。会社勤めならこのご時世に一年も休暇を取ることなど不可能だったろう。会社を辞めるにしても、次の仕事先を探すのは困難を極める。

おかしかったのは、日本人はわたしの将来を心配するのに、欧米人はわたしの将来よりわたしの決断を褒め称《たた》えてくれたことだ。価値観の違い、いや、ペットに対する文化の違いなのだろうか。犬や猫と暮らしたことのない日本人は、動物のために放射線量の高い地域にわざわざ赴くことがよく理解できないのだ。だが、欧米のワイナリーで働く人たちは、自分を犠牲にしてでも人間より弱い動物たちを救うことには意義がある、君は素晴らしいと言ってくれるのだ。

一年間、ボランティア活動に従事する。もし、その途中で風太が見つかったとしてもボランティアは続ける。そう決めた。それがきわめて私的な理由で警戒区域に赴こうとしているわたしの、せめてもの気持ちだった。

風太を譲ってくれたブリーダーが紹介してくれたのがレスキューライヴズだ。責任者の田口はそのブリーダーの甥だった。わたしは七月からレスキューライヴズの活動に参加した。

時間が経つにつれ、保護できる動物の数は減っていく。路上で餓死した犬や猫の死体を見るたびに心が引き裂かれる。一番辛かったのは、とある酪農家の牛舎に行ったときのことだ。

繋がれたままの牛たちは動くこともできず、痩せ衰え、何頭かは餓死して腐臭を放っていた。マスクをしていても耐えきれないような匂いだ。

その腐肉を犬や猫たちが漁《あさ》っていた。

死んだ仲間が食われているその横で、瀕死《ひんし》の牛たちがもの悲しげな目でわたしたちをただ見つめていた。

その場にいただれもが泣いた。泣きながら犬猫たちを保護した。だが、死にゆく牛たちはその場に残さざるをえなかった。保護したとして、彼らをどこへ連れて行けというのだ。

あの時の腐臭、牛たちの目は夜になると悪夢となってわたしを襲った。わたしだけではないだろう。あの日あの時あの場所にいた者すべてが、人間の営みがもたらしたむごい光景を忘れられないはずだ。

あの牛舎にもう牛はいない。みんな死んでしまった。

＊　＊　＊

雪がやんだ。西の空で雲が割れはじめている。わたしと田口は物陰に隠れながら寒さに震えていた。鳥居の下に餌を置いてから三十分以上が経過している。犬たちがやってくる気配はなかった。

「だめですかね」

田口の吐く息が白かった。

「もう少し粘ってみましょう」

田口のダウンジャケットのポケットから携帯の振動音が聞こえてきた。

「もしもし。田口です」

田口が電話に出た。わたしは会話の内容が聞こえるよう、田口の方に耳を向けた。

「雌のミックスを一匹保護しました。赤い首輪です。おそらく、保護を依頼されていたももちゃんだと思います」

電話の相手はレスキューライヴズ実働部隊の紅一点、朝倉里香《あさくらりか》だった。

「それはよかった。こっちは犬の群れを追って待機中——」田口は腕時計に目を落とした。「あと一時間待って無駄だったら、そちらに合流します」

「わかりました。頑張ってくださいね」

「神田さんに代わらなくてもいいの？」

「変なこと言わないでください」

里香の声が跳ね上がり、電話が切れた。赤くなった頬を膨らませている里香の横顔が脳裏に鮮明に浮かんだ。

「若い子をからかっちゃだめですよ、田口さん」

「里香ちゃん、神田さんに気があるんですよ。わかってるでしょう？」

「二十歳近く年が離れてるんですよ」

「今時、それぐらいの年の差、ハンディにならないでしょう。うちの親父《おやじ》軍団で独身なのは神田さんだけだし」

里香は仙台で被災した。実家は名取《なとり》市にあり、津波にのみこまれた。里香の両親は避難して無事だったが、飼い犬にまでは手が回らなかった。庭先でリードに繋がれたままだった雌の秋田犬、さくらは死体さえ見つかっていないという。

さくらのような運命を他の犬に背負わせたくないと、里香はレスキューライヴズに参加してきた。背が高くて細長い手足のいかにも現代的な娘だが、よく働き、気も利いた。里香がわたしに興味を持ったのは、レスキューライヴズに参加した理由がよく似ていたからだ。さくらはおそらく死んだ。だが、風太は生きている。

「風太君、絶対に見つけましょうね」

そう言ってわたしを見つめるまっすぐな目にはいつもうろたえさせられるのだ。

「神田さん――」

田口の声は緊張を孕《はら》んでいた。北の方から犬が近づいてくる。和犬の雑種だ。首輪は見あたらなかった。辺りを警戒しながら鳥居に向かっていた。体重十キロほどの茶色い体毛の犬だった。

わたしも田口も口は開かなかった。犬が餌を食べて安心するまで気配を殺していなければならない。我々に気づけば、犬は踵を返して逃げ去ってしまう。

犬は鳥居の五メートルほど手前で脚を止めた。鼻をひくつかせている。涎《よだれ》が糸を引いて地面に落ちている。飢餓感が警戒心を上回るのは時間の問題だろう。

わたしの読みは当たった。犬が動き出したのだ。すぐに餌を食べはじめるだろう。その時、優しい声をかけながら近づけば保護できる可能性が高い。

突如、遠吠えがした。犬が動きを止めて振り返った。

「くそ」

わたしは毒づき、隠れている場所から移動した。

「おいで。食べ物だぞ。好きなだけ食べていいんだぞ」

犬がこちらを見た。顔に怯《おび》えの色が浮かんでいる。わたしはすかさずジャーキーを犬に見せた。

「ほら、ジャーキーだ。美味《おい》しいぞ」

犬が動きを止めた。真剣な眼差《まなざ》しをジャーキーに向けている。どれだけ飢えているのか。そう考えると胸が痛かった。

遠吠えがやかましい吠え声に変わった。少しずつこちらに近づいてくる。おそらく、群れのリーダー犬が目の前の犬に警告しているのだ。単独行動を取るな、危険だぞ、と。

「おいで、食べていいんだぞ。お腹がすいてるだろう？　腹一杯食べろ」

わたしは優しい声を出して少しだけ足を踏み出した。犬はまだジャーキーを見つめている。

「ほら、こっちへおいで」

しゃがんだ。視線を低くすれば犬は安心する。犬の口からまた涎が垂れた。

リーダー犬が吠え続けている。犬の目はジャーキーに向けられているが、耳はリーダー犬の吠え声を捉えている。

わたしはジャーキーをわたしと犬の間に放った。

「ほら、食べていいんだぞ。遠慮するな」

犬は一歩踏み出した。頭を低くしてジャーキーの匂いを嗅ごうとした。

「そうだ。ほら、いい匂いだろう？　食べたくてしょうがないだろう？」

犬がまた前進する。もうすぐだ——そう思った瞬間、リーダー犬の吠え声が甲高いものに変わった。犬の身体に緊張が走り、飛び退《しさ》る。犬は吠え声のする方に顔を向けた。

わたしもそちらを見た。凍りついた。百メートルほど先の倒壊した家屋の屋根の上に犬がいた。柴だ。柴は鋭い視線をわたしに向けながら吠え続けていた。

「風太」

わたしは叫んだ。

「風太」

間違いない。あれは風太だ。痩せて精悍さが増している。だが、見間違えようがなかった。

「風太」

わたしの声に驚いた犬が走りだした。わたしはその後を追った。

「風太」

わたしの声が届いたのか、それとも仲間の犬が逃げ出すのを確認したからか、風太は吠えるのをやめた。

慌ててザックをおろし、詰め込んでいたジップロックを取りだした。中には母が死んだときに着ていた肌着の切れ端を入れてある。

「風太」

わたしは切れ端を左右に振った。匂いよ、届け——そう念じながら。風太はじっとわたしを見つめている。

「おれだ、風太。おまえの大好きだった母ちゃんの息子だ。覚えてるだろう」

風太は身じろぎもしない。わたしは走った。切れ端を振り回しながら走った。餌の匂いに釣られてやって来た犬も風太に向かって走っている。わたしと犬との距離は開いていく一方だった。

風太の顔があがった。哲学者のような風貌で中空を睨《にら》んでいる。鼻先が蠢《うごめ》いていた。

母の匂いが届いたのか。わたしはさらに激しく切れ端を振り回した。

「風太、わかるだろう？　母ちゃんの匂いだ。おまえを世界で一番愛していた人の匂いだ」

風太が吠えた。さっきまでとは違い、哀愁を湛《たた》えて尾を引いていく。

「風太、こっちに来い。おれと一緒に行こう」

犬が風太と合流した。風太は家の残骸から飛び降り、わたしに尻尾を向けた。

「風太、だめだ。行くな」

風太が振り返った。

「ほら、母ちゃんだ。母ちゃんの匂いだ。わかってるんだろう?」

風太はぷいと顔を前に向け、走りだした。軽やかな身ごなしで、仲間の犬を従え、風のようにわたしの視界から消え去った。

「風太……」

わたしはその場に膝をついた。息が苦しい。マスクを剝ぎ取りたいという衝動に駆られたが、なんとか堪《こら》えた。

また、雪が落ちてきた。

4

子供のころ、母の笑顔を見た記憶がない。四六時中難しい顔をして家事や子育てをこなしていた。

後になって知ったのだが、その頃、父は外に女を囲っていた。家の中のことは全部母に押しつけて自分は遊び呆《ほう》けていたのだ。

あれはわたしが小学校五年の年の瀬だったろうか。凄《すさ》まじい夫婦喧嘩《げんか》が起きて、わたしも妹も布団をかぶって震えていた。怒鳴り声と食器やガラスの割れる音のやむことがなかった。

しばらくすると、すべての音がやんだ。息苦しいほどの静寂が続いた後、突然、父のうろたえた声がした。壊れたレコードプレイヤーのように、母の名を繰り返している。わたしはおそるおそる布団を抜け出し、居間の様子を見に行った。足の踏み場もないほど食器の破片が散乱した居間で、父がぐったりした母を抱きかかえていた。母の口の端には血が滲《にじ》み、左目がどす黒く腫れていた。

父が母を殴ったのだ。咄嗟《とっさ》に理解したわたしは一一九番に電話した。父はただ、母を抱きしめ、母の名を繰り返すだけだった。

母は死んでしまうのだと思い、わたしは泣きながら部屋に戻り、妹を抱きしめた。結局、母は脳震盪《のうしんとう》を起こしていただけだった。数日入院しただけで何事もなかったかのように家に戻ってきた。

母は変わらなかったが、父は変わった。自分の行いを反省したのか、女と別れ、好きだった酒と博打《ばくち》をぴたりとやめた。だれかに魔法をかけられたかのように、よき夫、よき父親に変身したのだ。

家には平和が戻った。しかし、母は滅多に笑わなかった。笑い方を忘れてしまったように、時折浮かべる笑みはどこかぎごちなかった。

母が笑うようになったのは風太と暮らしはじめてからだ。風太の仕種《しぐさ》のひとつひとつに弾《はじ》けるような笑みを見せる母はなんだか別人のようだった。しかし、もし母がだれか別人と入れ替わっていたのだとしても、しかめっ面の母より、笑う母を見ている方がわたしの心は安らいだ。

笑う母は遠く東京で暮らすわたしに免罪符を与えてくれた。いずれ、母を説得して東京で一緒に暮らさなければならないのはわかっている。しかし、風太が一緒なら母が一挙に衰えることはないだろう。わたしにはまだ好きに使える時間が残されている。

母が風太に笑顔を向けるたびに、わたしはそう考えていた。

＊　＊　＊

「間違いなく風太だったんですか？」

田口の言葉にわたしはうなずいた。

「間違いありません。母の犬です」

「風格のある犬だったなあ。あれが群れを率いてるんだ。手強《てごわ》いですよ」

田口は風太たちの走り去った方角に目を向けていた。

「田口さん、すみません。我が儘《わまま》を聞いてもらえますか?」

「あの群れを追おうっていうんですか? 無理ですよ。きちんと作戦を練って装備を整えないと」

「考えがあるんです。単独で行動させてください」

風太は間違いなく母の匂いを嗅ぎ取ったはずだ。ならば、風太と再び相まみえる可能性はある。

田口は腕時計を見た。

「二時間だけ」

「ありがとうございます」

「ぼくはみんなと合流するから。あの足跡を見つけた場所で落ち合いましょう」

わたしは頭を下げ、ザックを背負った。母の肌着の切れ端はジップロックに入れ直し、ダウンジャケットのポケットに押し込んだ。

田口が携帯で仲間と連絡を取っている。わたしは黙礼して田口に背を向けた。

「神田さん」

田口に呼び止められ、振り返った。田口はわたしに携帯を差し出していた。

「里香ちゃん。話がしたいって」

迷いながら携帯を受け取った。

「もしもし、神田さん？　風太君が見つかったって、本当ですか？」

「ああ、本当だ。四、五匹の群れを率いているみたいだ。これから風太を捜しに行く」

「わたしも行っていいですか？　一緒に――」

「だめだ」わたしは冷たい声で応じた。「警戒心が強い犬なんだ。他人がいたら近づいてもこない」

「そうですか……」

「無事に保護できたら真っ先に連絡するよ」

里香の返事を待たずに電話を切った。彼女は自分の実家に起こったこととわたしの実家に起こったことを重ね合わせている。死んだ秋田犬のさくらの代わりに、風太を助けることで救いを得ようとしている。

わたしに心を寄せているように見えるのはそのせいだ。傷が癒えればわたしのことなど忘れてしまうだろう。

＊＊＊

震災以来、実家――正確には実家があった場所に来るのは四度目だった。最初は母の行方の手がかりになるものを得ようと、二度目、三度目は母の形見を捜すためだ。せめて写真が欲しかった。だが、なにも見つからなかった。このデジタル全盛の時代にあって、母のデジタル写真一枚持っていない自分をどう責めてよいかもわからずに苦しんだ。

「ねえ、お兄ちゃん、わかってる？　お母さん、お兄ちゃんに戻ってきて欲しいんだよ」

いつか、妹に言われた言葉が頭に刻みこまれていた。

わかっていた。しかし、気づかぬふりを続けていたのだ。原発のあるこの町での暮らしに気後れし、母に風太を押しつけることで罪悪感に蓋をしてきた。

なんと不実な息子か。わたしの仕事など、インターネット回線があればどこででもできるのだ。なのにわたしは東京に固執し続けてきた。東京で暮らしている間は、母のことなどほとんど思い出しもしなかった。

そのせいかどうかはわからない。風太が生きていると知ったとき、なんとしてでも引き取らねばと思ったのだ。母の代わりにわたしが風太の世話をしよう。それがせめてもの罪滅ぼしだと。笑うことのなかった母を笑わせた風太を、今度はわたしが笑わせてやるのだ。

雪はしんしんと降り続いている。

実家は基礎を除いてほとんどすべて、津波に流されてしまっていた。居間に台所、風《ふ》呂《ろ》場《ば》に両親の寝室。一階の間取りをそのままかたどった基礎を見つめるだけで、かつての家の様子をありありと思い浮かべることができた。敷地は五十坪。建坪は三十坪で、庭は母が手入れしていた花壇で埋め尽くされていた。玄関脇に風太の犬小屋があって、風太は家の前を行き来するすべての人間に吠えかかっていた。

わたしと妹の個室、それに客間は二階にあった。夏休みには屋根に上がってひなたぼっこをし、よく父に叱られた。父は東電の下請け会社で働いていた。この町には漁業か農業でなければ東電関連の仕事しかないのだ。原発を受け入れ、原発で得た金で家を買い、その家を津波に流され、原発事故のせいで故郷に戻ることもゆるされない。

だれのせいだ。だれを責めればいいのか。

責められるべきはわたしだ。原発のある故郷を捨て、原発のことなどすっかり忘れ去って都会で享楽的に生きていたわたしのようなすべての人間が責めを負うべきなのだ。

わたしはコンクリートを突き抜けて剝き出しになっている鉄筋に母の肌着の切れ端を巻きつけた。基礎の上に腰を下ろし、海を見つめた。かつては視界を遮っていた防風林が跡形もない。打ち上げられた漁船や薙《な》ぎ倒された看板は3・11のあの時と同じまま周りの景色に同化している。瓦礫《がれき》も手つかずのまま放置されている。ある大臣がこの光景を「死の町」だと形容し、非難され辞任した。だが、大臣は間違ってはいない。ここは間違いなく死の町なのだ。

人が見捨てたその町で、人に見捨てられた動物たちが必死で生きている。

雪を踏みしめる音がした。ゆっくりと振り返る。里香がばつの悪そうな顔をして立ち止まった。里香と行動を共にしている時、ここに案内したことがあった。

「ごめんなさい。どうしても気になって」

わたしはうなずき、自分の横に座るよう促した。

「もし風太が現れたら君は絶対に身動きしないこと」

「わかりました。出てきそうですか？」

「わからん。どうしてここだとわかった？」

「自分もそうだったから……」

里香の語尾は海からの風に流されて消えていった。

「まる一日さくらを捜して近所を歩き回って、疲れ果ててくたくたになって、もしかしたら家に戻ってるかもしれないと思って、日が暮れるまで待ってたんです」

「でも、戻ってこなかった」

「さくらは死んだんです。でも、風太君は生きてるから、きっと……」

また里香の語尾が弱まり、風に流された。里香はさらになにかを言おうと口を開きかけたが、思い直したように口をきつく結んだ。我々はしばらくの間、無言で海を眺めた。ふたりの頭や肩に雪が積もりはじめていた。

「風太君が見つかったら、言おうと決めてることがあるんです」

唐突に里香が口を開いた。

「風太を保護できるかどうかにかかわらず、一年間はレスキューライヴズの活動に専念すると決めている」

わたしは里香にそれ以上喋《しゃべ》らせたくなくて、早口にまくし立てた。

「その後は、福島のどこかに農地を借りて百姓でもしようかと思っている。事故の影響で離農している人が多いからね、土地はすぐに見つかるだろう。そこで、だれも食ってくれないかもしれない野菜を作るんだ」

「神田さん……」

「君は仙台に戻れ」

わたしはきっぱりと言った。里香の返事はなかった。彼女の顔を覗《のぞ》きこみたいという衝動と必死に闘った。泣いているに決まっている。泣き顔を見たら、わたしの心は揺いでしまうだろう。

「あ」

里香が小さな声をあげた。わたしも気づいた。数百メートルほど離れた瓦礫の山の上に犬がいる。風太だ。

わたしは鉄筋に巻きつけた切れ端を手に取った。風は海から陸に向かって吹いている。母の匂いが風太に届くかどうかは疑わしい。しかし、風太は神社の近くで母の匂いを嗅いだ。だからここに来たのだ。頭のいい風太のことだ、匂いを発しているのがこの切れ端だということに気づいただろう。

　わたしは切れ端を握った手を左右に振った。風太は少しずつこちらに近づいてくる。

「こっちだ、風太。こっちだ」

　わたしは呟いた。大きな声を出せば風太は警戒するかもしれない。

「早く来い、風太。おれと一緒に暮らそう。母ちゃんを笑わせたみたいに、おれのことも笑わせてくれ」

　3・11以降、心の底から笑ったことは一度もない。仲間と飲んでも顔に浮かぶのは作り笑いで、心の中では乾いた風が吹いていた。

　風太はゆっくり、だが確実に近づいてくる。わたしの横では、里香が身じろぎもせずにいる。

「風太、おれだ。母ちゃんの息子だ。いつも正月に会うだろう。会うたびに吠えただろう」

　風太は百メートルほどの距離になったところでぴたりと脚を止めた。頭を低くして鼻先を蠢かせている。

「風太、ほら。母ちゃんの匂いだ。わかるだろう?」

　叫びたいのを堪え、なだめるように低く優しい声で語りかける。だが、風太はそこから動こうとはしなかった。

「里香、ねんねんころりよを歌ってくれ」

「え?」

「子守歌だ。知ってるだろう?」

風太がまだ子犬のころ、母は子守歌を聞かせてやっていた。柔らかい歌声を聴きながら、風太は幸せそうに眠りに落ちていた。

わたしも妹も聞いたことのない、この上なく優しい母の子守歌だった。

里香が歌い出した。思った通りだった。里香の声質は母のそれとよく似ていた。

風太の耳が持ち上がった。遠目にも逆立っているのがわかった毛並みが、しだいに落ち着いていく。

「風太、母ちゃんの匂いだぞ。母ちゃんの子守歌だぞ」

わたしは里香の歌声にあわせて言葉を紡いだ。風太が動き出した。顔を上げてゆっくりこちらに近づいてくる。

ねんねんころりよ、おころりよ
里香は同じフレーズを繰り返していた。つづくパートをよく知らないのだろう。だが、それで充分だった。

「風太、ほら。母ちゃんの匂いだ」

わたしは静かに立ち上がった。切れ端を突き出す。我々と風太の距離は五十メートルに縮まっていた。

風太が吠えた。だが、威圧的な響きはない。

「頼むから逃げるな。こっちに来るんだ。おれに、罪滅ぼしをさせてくれ。な、風太」

風太は二度、三度と吠えた。吠えながら近づいてくる。尻尾がゆらゆらと揺れていた。

「来い、風太。ほら、来るんだ」

一歩だけ風太に近づき、しゃがんだ。視線を低くして、切れ端を摑《つか》んだ腕をめいっぱい伸ばす。風太がさらに距離を縮めた。風太の目が潤んでいるように見えたのはわたしの欲目か。少なくとも、神社で見た警戒の色はかなり薄れていた。

「風太」

風太が跳躍した。たったの数歩で距離を一気に縮め、あと五メートルというところで立ち止まった。

「風太、母ちゃんの匂いだ。思いきり嗅げ。好きなだけ嗅げ」

わたしが腕を伸ばしているのと同じように、風太も首を伸ばしていた。鼻が忙しく動いている。

「おいで、風太」

わたしが言うと、風太は脚を踏み出した。切れ端に鼻を近づけ、ひゃほんと鳴いた。

本当にそんな声で鳴いたのだ。

風太が母の死を悼《いた》んでいる。

そう思うと、必死で堪えていた涙が溢《あふ》れた。

「風太」

わたしは風太をそっと抱き寄せた。風太は切れ端に鼻を押しつけ、されるがままになっていた。毛は薄汚れ、触ると肋骨《ろっこつ》が浮き出ているのがわかった。乏しい食料を仲間と分かち合い、なんとか生きてきたのだ。

「もう大丈夫だ、風太。帰ったら腹一杯食わせてやる。おまえの仲間も保護して、みんな腹一杯食わせてやる。また幸せにしてやるんだ」

風太がわたしの頬を舐《な》めた。わたしや妹に居丈高《いたけだか》に振る舞い、堂々と他の仲間を率いていたときの猛々《たけだけ》しさは消えていた。母の匂いを嗅いだことで、母と暮らしていたころの感情がよみがえったのだろう。

風太がわたしに甘えていた。

「母ちゃん、おれが悪かった。風太の面倒はおれが見るから、ゆるしてくれ」

わたしは言った。里香がいることはわかっていたが、胸から溢れてくる言葉を抑えることができなかった。

＊＊＊

軽い食事と水を与えると、風太はおとなしくリードに繋がれた。時折振り返るのは今まで一緒に生き抜いてきた仲間を心配しているからだろうか。

「そんなに心配なら、他の仲間を保護するの、手伝ってくれよ、風太」

わたしは言った。リーダーだった風太がいれば、他の犬たちも早く気をゆるしてくれるようになるだろう。彼らの飼い主が見つからなければ、わたしが――。

「他のワンちゃんたちも神田さん、自分で飼うつもりですか？」

里香が言った。里香には母にゆるしを乞う姿を見られた。気恥ずかしくて顔をまともに見ることができなかった。

田口と約束した場所に車が停まっていた。

「わたし、仙台には戻りません」

里香はそう言うと、車に向かって駆けだした。その背中に風太が吠えた。

雪は降り続けていたが、寒さは感じなかった。わたしの手にはまだ母の肌着の切れ端が握られていた。

ウェルシュ・コーギー・ペンブローク

Welsh Corgi Pembroke

1

漆黒の瞳から今にも哀《かな》しみが零《こぼ》れ出てきそうだった。

「この子、わたしん家《ち》に連れて行く」

考える前に言葉が口から溢《あふ》れてきた。

「簡単に言わないでよ、真波《まなみ》。さっき説明したでしょう。この子、酷《ひど》い虐待に遭っていたみたいで人間に心を開かないのよ」

希美《のぞみ》の声は真波の耳を素通りした。ケージの隅で微動だにせずにいる胴体の長い犬を見つめ続けた。白と黄色のツートンカラー。長い胴体を覆う毛はふんわりと柔らかく、短い尾は毛糸で編んだボールのようだった。愛嬌《あいきょう》のある顔立ちにぴんと立った耳が凛々《りり》しく見える。

「わかってる」

真波は言った。

「旦那さんのＯＫは取れるの？　それにレイアは？　あの子、気むずかしいでしょう。先住犬がいる家で新しい子を迎えるのは真波が考えるほど簡単なことじゃないのよ。こっちの子はただでさえ問題だらけなのに」

「レイアならだいじょうぶ。旦那も説得する」

「真波――」

「こんな哀しそうな目を見ちゃったら放っておけないよ。この子をこんなふうにしたのは人間なんでしょ？　だったら、人間がこの子を癒してあげないと」

「それはそうだけど……」

「決めた。この子、連れて帰る」

真波は腰に両手を当てた。ケージの中のコーギーがぴくんと身体《からだ》を震わせた。

「だいじょうぶだよ、ルーク。今日からあなたは我が家の一員。幸せになろうね」

「ルーク？」

「この子の名前。我が家の御姫様がレイアなんだから、白馬の騎士はルークに決まりでしょう」

「今時『スター・ウォーズ』の話したって通じないわよ。それに、レイア姫が愛したのはハン・ソロよ。ルークはレイアの双子の兄じゃなかった？」

「ハン・ソロって呼びにくいじゃない」

「まったく、真波ったら……」

希美は呆《あき》れたというように首を振った。

＊＊＊

希美から電話があったのは二日前だった。一週間ほど前、お向かいさんが引っ越しして、飼っていた犬を捨てていったという。捨てられていたのは雄のウェルシュ・コーギー・ペンブローク。家の近くの電柱にリードで繋《つな》がれていたのを希美が保護した。

元々問題のある飼い主だということは真波も聞いていた。散歩にもろくに連れて行かず、長時間留守番をさせ、時折ヒステリックに犬を叱る声が聞こえてくる。もちろん、犬の悲鳴も一緒にだ。近所の愛犬家たちが注意をすることもたびたびあったが、自分の犬をどうしようと勝手だろうという言葉が返ってくるだけだったという。

希美が保護したとき、コーギーはがりがりに痩せていた。ご飯も食べさせてもらえていなかったのだ。

保健所に連絡しても、飼い主が引き取るか、里親が見つからないかぎり殺処分にされるだけだ。希美はちょうど一年前に、長く一緒に暮らしていたダックスフントを失っていた。そろそろ新しい家族をと思っていた矢先だったので、そのコーギーを自分で飼う決意をした。

だが、希美は一週間で音《ね》を上げ、真波にSOSの電話をかけてきたのだ。

＊＊＊

「さあ、おいで、ルーク。新しいお家に行こう。レイアっていう生意気だけど可愛《かわい》いダックスも君のことを待ってるよ」

真波はケージのドアを開けた。途端にルークが震えはじめた。

「ほら、ずっとこの調子なの。絶対にケージから出て来ない。ご飯もトイレも全部この中で済ませるの。掃除が大変なんだから」

「ルーク、おいで」

「ちょっと、やめなって」

真波はケージの中に手を差し入れた。震えていたルークの目の色が変わった。哀しみに彩られていた瞳が恐怖に塗り潰されたのだ。ルークは吠《ほ》えた。ケージの隅に自分の尻を押しつけ、牙を剝《む》き、涎《よだれ》を飛ばし、甲高い声で吠え続けた。

「真波、やめて。あんたがそうしてるかぎり、この子、絶対に鳴きやまないから。可哀《かわい》想《そう》じゃないの」

真波は腕を引き、ケージのドアを閉めた。ルークが吠えるのをやめた。だが、身体は激しく震えたままだ。

「よっぽど酷い目に遭わされてたんだね」

「そうだと思う。ね、連れて帰るなんて言わないで、この手のことに詳しい団体に相談した方がいいんじゃない？」

「決めたの」

真波はルークを見つめたまま言った——いい、ルーク、これはあなたに話しかけているのよ。

「あなたはわたしの新しい家族。わたしが必ず幸せにしてあげる」

ルークはもの哀しげな目つきで真波を見つめるだけだった。

＊　＊　＊

レイアがケージの周りをくるくる回る。ルークの匂いを嗅いでは離れ、吠え、またくるくる回る。

ルークは嫌がる素振りを見せていなかった。人間には心を閉ざしていても、相手が犬ならだいじょうぶなのだ。

ルークがどうしても出てこようとしないのでケージごと運んできた。真波の家にやって来たルークは希美のところにいたときよりさらに深い哀しみをその瞳に宿らせていた。その目を見るたびに心が痛む。

だが、けたたましい鳴き声と共にレイアが姿を現すと、ルークの目に浮かぶ哀しみが薄れていった。

「レイア、ルークよ。新しい家族。年齢はわからないけど、きっと二歳か三歳ぐらい。あなたの方がお姉さんなんだから、仲良くしてあげてね」

レイアは真波に向き直り、激しく吠えた。ルークが気に入らないのだ。

「そんな顔しないの。ルークは可哀想な子なんだから」

真波はケージのドアを開けた。レイアが相手なら出てくるかもしれないと考えたのだ。ルークは興味深そうにレイアの動きを目で追っている。だが、ケージの外に出て来ようとはしなかった。

真波はリビングからキッチンへ移動した。真波の気配が薄れれば、ルークは出てくるかもしれない。

だが、それも期待はずれだった。十分ほど待ってからリビングに戻ってみても、ルークは相変わらずケージの中にいた。レイアもルークに飽きたのか、ソファの上でうとうとしている。

「ねえ、ルーク。一生そこから出てこないつもりなの？」

声をかけたが、それだけでルークの心が恐怖に蝕《むしば》まれていくのがわかった。ルークにとって人間は恐ろしい敵なのだ。

「どうしたものかしらね……」

真波はソファに腰を下ろした。寝ていたはずのレイアが太股《ふともも》の上に飛び乗ってくる。

「レイア、ルークがなにを考えてるのか教えてよ。同族なんだから、あんたにはわかるでしょ？」

レイアの耳が持ち上がった。床に飛び降り、玄関に向かって駆けていく。夫の良輔《りょうすけ》が帰ってきたのだ。

「ただいま」良輔の声と一緒にレイアの鳴き声が響いた。「はいはい、御姫様。今帰って来たよ」

陽気な声と共に良輔の大柄な身体がリビングに入ってくる。その目はすぐにケージに向けられた。

「なんでコーギーがここにいるの？」

「ルークよ。我が家の新しい家族」

「ちょっと待ってよ。おれになんの相談もなしに決めたわけ？」

良輔はケージの前で腰を下ろした。すでにルークの顔は恐怖で歪《ゆが》んでいた。

「この子、怯《おび》えてる？」

「ちょっと訳ありの子で、人間のことが怖くてしょうがないみたい」

「そんな子を連れてきてどうしようってのさ」

良輔は右手で頭を掻《か》いた。ルークが甲高い声で鳴いた。良輔に背を向け、凄《すさ》まじい勢いでケージを引っ掻きはじめた。

「ちょ、ちょっと、なにがどうした？」

「良輔、ケージから離れて。隣の部屋に行って」

ルークは明らかにパニックに襲われていた。

「わ、わかったよ」

良輔がリビングを出て行く。レイアもその後を追った。

「だいじょうぶよ、ルーク。この家の人間はあなたに嫌なことしたりしないから。だから落ち着いて。ね？」

優しい声をかけてもルークのパニックは収まらなかった。目を吊《つ》り上げ、牙を剝き、唸《うな》り、涎を垂らし、ケージを引っ掻き続ける。

「やめないと怪我《けが》しちゃうわよ」

真波は溜息《ためいき》を漏らした。

＊＊＊

すべてを話し終えると、良輔は小さく首を振った。

「おまえが考えてるほど簡単じゃないぞ。さっきの様子見ただろう」

「でも、放っておけないよ。レイアにはあんな態度取らないのよ。素直な優しい子なのよ。人間のせいであぁなっちゃったの。だったら、人間があの子をなんとかしてあげなきゃ」

「その理屈はわかるけど、それがどうしておれたちじゃなきゃいけないの？」

「出会っちゃったから。だれよりも先にわたしがルークと出会っちゃったから」

良輔が破顔した。

「まったく、真波らしいや。ちょっと待ってて――」

良輔はダイニングテーブルを離れ、ルークの入っているケージに近づいた。

「ちょっと、やめてよ。やっと落ち着いたところなのに」

良輔の接近に、ルークはまた怯えはじめていた。

「実験」

「実験ってなんの――」

良輔はケージの近くで右手を振り上げた。また、ルークがパニックに襲われる。形相を変え、ケージを引っ掻きはじめた。

「やっぱりな」

「やっぱりって、なによ？」

「真波が同じことをしてもあの子、あぁはならないだろう？」

「怯えるけど、あそこまでは」

「殴られてたんだよ」良輔が言った。ルークを見つめる目が苦渋に満ちていた。「男の飼い主に。だから、おれが腕を動かすと猛烈に怖がるんだ。あそこまで怯えるんだから、よっぽど酷い虐待を受けてたんだな」

「そんな……」

ルークはケージを引っ掻き続けていた。そして、ケージから出ようともしなかった。

「止めなきゃ」

「だめだよ。あの剣幕だ。下手《へた》に手を出そうものなら思いきり嚙《か》まれる」

「でも、このままじゃあの子、怪我しちゃうわ」

「レイア」

良輔はレイアに声をかけた。レイアは心得たといわんばかりの表情でケージに向かって駆けていく。良輔とレイアは心が通じ合っている。真波は時に激しい嫉妬を覚えるほどだった。

レイアがケージに向かって吠えた。ルークが動きを止めた。レイアはなおも吠え続ける。ルークはケージの中で伏せの体勢を取った。レイアを目上と認め、服従することを態度で示している。

「レイア、ありがとう」

良輔が言うと、レイアは自慢げに尻尾《しっぽ》を揺らした。

2

リビングのドアをそっと開けてみる。わずかな隙間から中を覗《のぞ》く。ケージは空だった。トイレシートの上にウンチの塊が載っている。やはり、ケージの中で排泄《はいせつ》するのはいやなのだ。

ルークはレイアと一緒にいた。ソファの上で並んで寝そべっている。

レイアは三日もするとルークの存在に慣れた。いや、ルークを認めたと言った方がいい。ルークを新しい家族として認識したのだ。それと同時に、ルークはレイアに依存するようになった。群れの中の上位者としてレイアに接する。ケージの中からレイアに向かって甘えた声を出す。すると、レイアはケージに近寄り尻尾を振るのだ。

レイアに対しては心を開いたルークだが、人間が相手だと話はまったく違った。真波であれ良輔であれ、ケージに近づけばパニック発作を起こし、決してケージから出て来ようとしない。特に良輔に対する恐怖は凄まじく、リビングに良輔がいる間は一挙手一投足に目を光らせている。眠るどころかくつろぐことさえしない。

どんな虐待を受けていたのだろう。それを考えるだけで胸を抉《えぐ》られるような感情を覚えた。犬も話すことができればいいのに——埒《らち》もない考えを弄び、溜息を漏らす。

レイアと二匹だけにすればどうかと提案したのは良輔だった。昼の間、真波はリビングに近寄らず、レイアとルークだけにするのだ。もちろん、ケージのドアは開けて。レイアには心を開いているのだからケージから出てくるかもしれない。

真波はそのアイディアに乗った。そして今日——昼間はレイアと二匹だけにするようにしてから三日目、ルークはケージから出てきたのだ。

「そうだ。写真撮らなきゃ」

真波はドアから離れた。足音を殺して寝室に行き、デジタルカメラを手に取った。再び戻り、ドアの隙間からレンズを二匹に向けた。

ズームアップ——レイアはいつもと同じように、ルークもまた真波たちがいる時は見せたことのないような安心しきった様子で眠っていた。本当の姉弟《きょうだい》のようだ。

そっとシャッターボタンを押した。それでも、カメラは無骨な音を立てる。ルークの耳が持ち上がり、ついで、目が開いた。全身の毛が見る間に逆立っていく。ルークはソファから飛び降り、ケージに向かって突進していった。ケージの角に尻を押しつけ、身体を低くして真波の様子をうかがう。

真波は苦笑し、ドアを大きく開けた。

「あんなにぐっすり眠っていたのに、ちょっと大袈裟《おおげさ》じゃない、ルーク。ねえ、レイア、おまえもそう思わない？」

レイアは寝ぼけ眼《まなこ》で尻尾を振った。真波はケージの前に座った。

「出ておいでよ、ルーク。ケージを出てもなにも怖いことなかったでしょ？」

ルークは牙を剝いて唸りはじめた。

「もう家に来て十日になるのよ。わたしも良輔もルークに嫌なことをしたことないでしょ？　わたしの作るご飯は美味《おい》しそうに食べてくれるじゃない」

話しかけるたびにルークの唸りは酷くなっていく。近寄るな、放っておいて——全身でそう訴えているのだ。

「ルーク……」

胸を抉るようなあの感情がまたやって来た。ルークへの憐《あわ》れみ、いつまで経《た》っても心を開いてくれようとしないことへの苛立《いらだ》ち、無力感。

「ごめんね」真波は立ち上がった。「ルークは人間に酷い目に遭わされたんだもんね。それがわかってるのに、わたしったら焦りすぎだね。もう十日って言ったけど、本当はまだ十日なんだよね、おまえには」

ルークの顔を見つめたまま後ずさる。ルークの唸りがやむことはなかった。トイレシートをウンチごと丸め、新しいものを敷く。

「レイア、ルークをよろしくね」

溜息を押し殺し、リビングを後にする。犬は人間の感情に敏感だ。真波が失望したことが伝わればルークはもっと頑《かたく》なになるかもしれない。

マイナスの感情は不要だ。ルークには明るい感情だけをもって接しなければならない。

トイレでウンチを流し、そこでやっと真波は溜息をついた。汚れたシートを犬の汚物専用のゴミ箱に押し込んだ。

「プラス思考、プラス思考」

そう自分に言い聞かせてはみたものの、胸にぽっかり穴が開いたような気分は収まらなかった。

＊＊＊

リビングでレイアが騒いでいる。真波は腕時計に目を落とした。午後四時半。散歩の時間だった。

ルークのことで悲しんでいるうちに、いつの間にか寝てしまったのだ。

「いけない」

慌ててリビングへ行き、そっとドアを開ける。レイアが足もとにまとわりついてきた。

ルークはケージの中だった。真波の姿を見るなり震えはじめた。

「レイア、ごめんね。散歩に行こうね」

散歩という言葉に反応し、レイアは激しく尻尾を振った。

「ルークも行く？　散歩、楽しいよ」

ケージには近づかずに声をかけてみる。ルークは震えているだけだった。

「そっか。じゃあ、ルークは今日もお留守番ね」

壁にかけてあるリードを外し、レイアの首輪と繋げた。

「行こう、レイア」

廊下に出ると、レイアはスキップするように歩きはじめた。ご飯と散歩、そして良輔の愛撫《あいぶ》がレイアの最大の喜びなのだ。

レイアのスキップが突然止まった。レイアはその場で振り返る。リビングからルークのもの哀しげな鼻声が響いてきた。

きゅううん、くううううん
魂を鷲摑《わしづか》みにするような切ない鳴き声だった。レイアを呼んでいる。ぼくをひとりにしないでと訴えている。ルークがそんな声を出すのは初めてのことだった。

レイアは尻尾を振るのをやめていた。いつになく思慮深い顔つきでルークの鼻声に耳を傾けている。

「レイア、もう一回、ルークを散歩に誘ってみようか」

レイアの尻尾が揺れた。リードを放すとレイアはリビングに向かって駆けだした。真波も後を追う。

レイアがケージの周りを駆け回る。ルークは身体を伏せ、短い尻尾を激しく振って喜びを表現していた。真波がリビングに入っても気にならない様子だった。レイアが自分の訴えを受け止めてくれたことが嬉《うれ》しくて仕方ないのだ。

胸が熱くなった。

今、目に映っているルークは普通の犬だった。短い手足をばたつかせ、精一杯尻尾を振り、喜びという感情を露《あら》わにしている。真波や良輔に見せる極端な怯えはどこにもない。

レイアが駆けながら吠えた。それに応じるようにルークも吠えた。

大好きだよ、レイア姉さん！

わたしもあんたのことが気に入ってきたわよ、ルーク！

まるで会話を交わしているかのように二匹は吠えあっている。

一緒に散歩に行こう、ルーク、絶対に行こう。

唐突に強い思念が湧き起こった。

散歩に行けば楽しいよ、もっと幸せになれるよ。怖いことからも嫌なことからも、きっとレイアが守ってくれるよ。だから、ルーク、散歩に行こうよ。

真波はケージの前に移動した。ルークが我に返り、ケージの隅に自分の身体を押しつける。

「だいじょうぶだよ、ルーク。レイアと一緒にいたいんでしょう？　レイアはこれから散歩に行くの。それがレイアの日課なの。だから、レイアと一緒にいたいなら、ルークも散歩に行かなきゃ」

ルークが牙を剝いた。唸った。

「そんな顔しても、そんな声出しても怖くないよ。おまえは優しい子だもん。わたしにはわかってるんだから。ね、ルーク。お散歩に行こう？　ちょっとだけでいいから、勇気を出そうよ」

真波はケージに腕を入れた。柔らかい微笑《ほほえ》みを浮かべ、優しい言葉をかけ、少しずつ腕を伸ばしていく。

ルークに触れよう。触れれば心が伝わるはず。奇妙な確信が真波を捉えていた。

「さあ、ルーク。おいで」

もう一度声をかけた瞬間、ルークの目の色が変わった。恐怖が怒りに塗り潰されていく。真波が腕を引くより早く、ルークの牙が手の甲に食い込んでいた。

痛みより先に驚きがあった。まさか、嚙まれるなんて——ルークは憎しみを露わにして真波の手を嚙んでいる。離さない。牙が皮膚を突き破り肉に食い込み、骨さえも砕こうとしている。

痛みが来た。脳天を突き抜ける激しい痛みだった。振り払おうと腕を振ったがルークは噛みついたままだった。

レイアが吠えた。これまで一度も聞いたことのない激しい怒りを含んだ声だ。ルークが怯《ひる》んだ。手にかかっていた圧力が消えた。

真波は腕を引き寄せた。ぼたぼたと血が落ちる。手の甲の皮膚が裂け、穴を穿《うが》たれた肉が見えた。顔から血の気が引いていく。絨毯《じゅうたん》に尻をつき、左手で右の手首を圧迫した。

レイアが真波の顔を覗きこんでいる。ルークはケージの奥で震えている。

「わかった。好きにすればいい」

真波は刺々《とげとげ》しい言葉を吐き出し、立ち上がった。早く止血して病院へ行かなければ。リビングを出る間際、振り返ってみた。ルークは魂が抜けたような顔つきで真波を見つめていた。

＊＊＊

「それはおまえが悪い」

良輔が言った。真波は頰を膨らませただけで反論はしなかった。自分が悪いのはよくわかっている。それでも、慰めの言葉を期待していたのだ。

「だいたい、真波はなんでもかんでも焦りすぎなんだよ」

「良輔に言われなくてもわかってるわよ」

真波は包帯を巻かれた手をさすった。噛まれた痕が自己主張をしているように痛む。あの後、レイアの散歩も後回しにして病院に直行し、十針縫われたのだ。そしてしばらくの間、激しい運動や飲酒の禁止を言い渡された。なのに、目の前の良輔は遠慮することもなく缶ビールを傾けている。

「ルークがどれだけ傷ついているのかはわかってるんだろう。それを、家に来てまだたった十日しか経ってないのに癇癪《かんしゃく》を起こすなんて――」

「癇癪を起こしたわけじゃないわよ。ただ、噛まれて、痛くて哀しくて腹が立って」

「ルークを無理矢理ケージから出そうとした。それはある意味癇癪を起こしたって言うんだ」

真波は口を閉じた。悔しいが、その通りだ。焦ってしまった。その結果、噛まれることになり、真波を噛んだルークをさらに傷つけることになった。

ルークはケージの中にいる。ケージのドアは開けっ放しだ。レイアが盛んに誘っているが、ルークは動こうとしない。ケージの隅っこで、真波と良輔をじっと見つめている。

いつもの怯えた目とは違う。暗く沈んだ瞳は真波を噛んでしまったことを悔いているかのようだった。

悪いのはわたし、ルークのせいじゃないのよ——真波は声に出さずに語りかけた。ルークがたじろいだような気がした。

「仕事がなけりゃ、おれも協力するんだけどな……」

良輔はいたって普通のサラリーマンだ。朝六時に起きて七時半前に家を出る。帰宅するのも午後七時過ぎ。残業がある時は最終電車で帰ってくることもある。給料だっていいわけではない。それでも、真波が働きもせずにいられるのは良輔の父親が残してくれたこの家があるからだ。ローンもなく、家賃もない。

これ以上のことを良輔に望むわけにはいかなかった。

「専門家に相談してみたらどうだ?」

缶ビールを飲み干して良輔は言った。そのまま席を立ち、冷蔵庫から新しい缶ビールを取りだした。

「いいの」真波は言った。「わたしが自分でなんとかするから」

「なにを意固地になってるんだよ。アドバイス受けるだけだろう」

「わたしだけの力でなんとかしたいの」

良輔が缶ビールを開けた。ぷしゅっという音にルークが身体を震わせる。真波ははっとするが、良輔は気にしない。こちらが気を遣うのではなく、時間をかけてルークを慣れさせせろというのが良輔の主張なのだ。

「コーギーっていうのはただでさえ気性の激しい犬種なんだぞ。それが人間不信に陥ってる。意地を張ってる場合じゃないだろう」

「本当のルークは気立てのいい子だよ。良輔はレイアとルークが仲良く寝てるところ見たことないからそんなこと言えるのよ」

確かに、コーギーには気の荒い犬が多い。見た目の愛くるしさとは裏腹に、他の犬に平気で喧嘩《けんか》を売り、簡単に牙を剝く。だが、日本人をひとくくりにはできないように、コーギーにだって温厚な犬はいる。喧嘩が嫌いな犬もいる。

「あのさ、真波。もしあのことを気にしてルークに対して意固地になってるなら、それは間違いだぞ」

「なんの話？」

「どれだけ可愛くても犬は犬だ。人間の子供じゃない」

頰が熱くなった。頭蓋骨の奥で灼熱《しゃくねつ》の塊が生じ、熱がどんどん広がっていく。

良輔も真波も子供を望んでいた。だが、できなかった。産婦人科を訪れ、検査を受けた。良輔の精子にはなんの問題もない。子供ができないのは真波に問題があるからだということがわかった。

数年不妊治療を続けて、諦めた。子を産む代わりにレイアを迎えたのだ。

レイアは愛くるしかった。真波は精一杯の愛情をレイアに注いだ。しかし、ある日ある時、レイアは決めた。この家のボスは良輔であると。レイアの一番の愛情は良輔に向けられた。散歩に行くのもご飯の支度をするのも真波なのに、良輔が帰宅するとレイアは真波そっちのけで良輔にまとわりつく。もちろん、真波のことも愛してくれる。だが、真波はあくまでも二番手なのだ。

できればもう一匹、犬が欲しい。できれば男の子。自分を一番に愛してくれる男の子。

「わかってるわよ、そんなこと」

真波は腰を上げた。

犬を可愛がるのは代替行為だ。そう言われたら反論はできない。子供を諦めたから犬を飼いはじめた。子供の成長を見守る代わりに犬の成長を見守っている。だからなんだというのか。真波はそれで幸せだ。レイアも幸せだ。

ルークのことも幸せにしてあげたい。

ただそれだけのことなのだ。

「自分の力だけでやりたいって言うんなら、それでもいいさ。でも、焦るなよ。それに途中で放り出すな」

良輔がルークに目を向けて言った。いつになく真剣な声だった。

「そんなことしないわよ――」

「おまえにまで裏切られたら、ルークは死ぬまで人間を信じなくなるぞ」

良輔の声を背中で受け止めながら、真波はリビングを後にした。

3

細かく刻んだ野菜と鶏《とり》のササミ肉を茹《ゆ》でる。雑穀を入れて炊いたご飯をざるに取って冷水で洗い、ぐつぐつ煮立っているスープの中に入れる。ご飯を洗うのはぬめりを取るためだ。犬は人間のように咀嚼《そしゃく》しないのでなるべく消化しやすい状態にして食べさせてやる。時に鶏肉は豚肉になり、魚に替わる。

右手がほとんど使えない状況では重労働だ。ご飯がお粥《かゆ》状になってきたら鍋を火から下ろし、冷ます。

冷めるのを待つ間に出かける支度をする。簡単な化粧を施し、日焼け止めを塗り、着替えたら準備完了。

リビングでレイアがはしゃいでいる声が聞こえる。散歩に出るということがわかっているのだ。

キッチンに戻り、冷めたご飯を食器に取り分ける。一対三。多い方がルークの分だ。ここのところルークは体重が増し、毛艶もよくなっている。できればシャンプーをしてあげたい。病院にも連れて行きたい。だが、どれもこれもルークに拒否される。

「ルーク、ご飯、ここに置いておくからね」

リビングの北の隅、絨毯が途切れてフローリングの床が剝き出しになっているところに食器を置いた。ルークは見向きもしないが、真波とレイアが散歩から戻ってくるとご飯はなくなっている。ステンレスの食器もぴかぴかだ。ルークが隅々まで舐《な》め取っている証拠だった。

「さ、レイア、散歩に行こうか」

レイアが飛び跳ねる。ルークが鼻声を出す。行かないで、ぼくをひとりにしないで──精一杯レイアに媚《こび》を売っている。だが、レイアは見向きもしない。もう、ルークの懇願に慣れてしまったのだ。真波は急いで靴を履いた。ルークの哀しげな声を聞いていると胸が張り裂けそうになる。そうまでして寂しさを訴えているのに頑なにケージから出て来ないルークに悔しさや怒りを感じてしまう。

真波とレイアが家を出るまでルークの鼻声は止まない。家を出た後のことはわからないが、しばらく鳴き続け、やがて諦めてご飯を食べるのだろう。

レイアはいつものように家の前の道路を左に向かおうとした。そちらの方角に十五分も歩けば小さなドッグランのある公園に辿《たど》り着く。夕方はそこで仲良しの犬たちと遊ぶのがレイアの日課なのだ。

「レイア、今日はそっちじゃないの」

真波が反対側に歩きはじめるとレイアは怪訝《けげん》そうな表情を浮かべてついてきた。今日は隣町まで足を延ばすつもりだった。電車では二駅。徒歩なら三十分強。だからいつもより早めに家を出た。

昨日、希美から電話がかかってきたのだ。希美はルークの元の飼い主の引っ越し先を見つけたと意気込んでいた。

希美のご近所さんがたまたま、ルークの飼い主の妻を見かけたということだった。ご近所さんは希美がルークを保護した経緯《いきさつ》を聞いていたし、自分も過保護なぐらいの愛犬家だという。彼らの引っ越し先を突き止め、抗議の手紙でも送ってやろう——そう思ってこっそり後をつけたのだそうだ。

彼らの引っ越し先は新築の一軒家だった。犬が飼えないわけでもない。それでも彼らはルークを捨てていったのだ。ゴミのように。

ご近所さんは希美に電話をかけ、動物虐待で然《しか》るべきところに訴えたらどうだと言った。希美もそうしたいと思った。だが、証拠がない。ルークが日常的に暴力を受けていたというのはルークの反応による状況証拠だ。

希美はどうしたものかと真波に電話をかけてきた。なにもしないでくれと真波は答えた。

「ルークのためにできることは、全部わたしがやるから。わたしがあの子の新しい飼い主なの」

レイアが吠えていた。真波は振り返った。リードが伸びきり、レイアは引き摺《ず》られるようにして歩いていた。

自分でも気づかぬうちに早足になっていたのだ。

「レイア、ごめん、ごめん」

足を緩め、レイアが追いつくのを待った。レイアは息を荒らげている。

こんなんじゃだめだ、落ち着かなきゃ――真波は自分に言い聞かせた。

＊＊＊

その夫婦だとはわからなかった。仲睦《なかむつ》まじく微笑みあいながら歩いてくる。どこからどう見ても幸せな中年夫婦だ。

だが、その夫婦がルークの飼い主の家に入っていく。

真波は携帯を取りだし、希美から送られて来たメールをチェックした。メールには写真が添付されている。ご近所さんが撮ったルークの飼い主の新居だ。

間違いない。住所も表札もあっている。スペイン風とでもいうのだろうか。小洒落《こじゃれ》た家は住人の幸福を象徴するように陽光を浴び、小さな庭には花が咲き乱れ、よく磨かれたセダンが停《と》まっている。

ルークを虐待していたはずの夫婦が笑い声を立てながらその家に入っていった。真波はただ立ち尽くしていた。レイアのリードをきつく握りしめ、呆然《ぼうぜん》と家を眺めていた。

本当は怒鳴り込んでやるつもりだった。言いたいことを言いまくってやるつもりだった。

だが、幸せそうな夫婦と幸せの象徴のような家は真波に不意打ちを食らわせた。

荒《すさ》んだ空気を漂わせた男がルークの飼い主であるべきだった。生活に疲れ、亭主の言うことに唯々諾々《いいだくだく》の女が妻であるべきだった。やり場のない鬱屈や怒りが家族の中の弱者であるルークに向けられた。それならば、ゆるせないにしても理解はできる。

だが、この家は、あの夫婦は理解を超えていた。虫も殺さないような顔をして、不満などなにもないというような笑い声を立ててルークを虐待していたのだ。食事を与えず、散歩にも連れ出さず、怒鳴り、脅し、殴っていた。挙げ句にゴミクズのように捨てていった。ルークの人間に対する怯えを見れば間違ってはいないはずだ。

心が冷えていく。人間という生き物の恐ろしさに足が震えてしまいそうだった。彼らは笑いながら命を弄ぶことができるのだ。

小学生の男の子が道を走ってくる。ランドセルを背負い、ネットに入れたサッカーボールを肩に引っかけている。よく日に焼け、白い歯が眩《まぶ》しい。顔に張りついたままの笑顔が少年の充実した生活を物語っている。

「ただいま」

少年は大きな声をあげながらスペイン風の家に飛び込んでいく。

ルークと暮らしていたはずだ。ルークがどんな目に遭っていたか知っていたはずだ。この家に引っ越してくる前にルークが捨てられたことも知っているはずだ。しかし、少年の笑顔にはなんの屈託もなかった。ルークの痕跡はどこにも見られなかった。

真波は家に背を向けた。

来るんじゃなかった。あんな人たち、見るんじゃなかった。

おぞましさと悔恨の念がこみ上げてくる。

彼らは例外などではない。日本中の無数の家庭が犬を飼っている。捨てられる犬、虐待されている犬はかなりの数にのぼるのだ。あんな幸せそうな家で、どれだけの犬が同じような目に遭っているのか。

「行こう、レイア」

真波は唇を噛み、頭を振った。考えるのをやめる。そうしなければ道端で泣き出してしまいそうだった。

4

良輔が出張で大阪に行った。帰ってくるのは三日後の予定だった。真波は家に友人を招くことにした。紗江子《さえこ》はレイアと同じミニチュア・ダックスフントを飼っている大学時代からの友達だ。住んでいる場所も近く、月に一、二度はドッグランで一緒になる。紗江子が飼っているライナスはレイアのいい遊び相手だった。

「本当に泊まっていってもいいの？」

「せっかく旦那がいないんだからさあ、お酒飲むのつきあってよ。酔っぱらったら帰るの面倒くさくなるでしょ？　ライナスもいるんだし」

真波と紗江子はシンクに並んで立ち、晩餐《ばんさん》の支度に勤《いそ》しんでいた。奮発して買ったイタリア産の生ハムにチーズ、色とりどりの野菜を使ったサラダ、お気に入りのパン屋で調達してきたバゲット。鍋ではトマトソースがぐつぐついっている。間にパスタを入れ、最後は紗江子が買ってきたチョコレートケーキで締める。ワインも白と赤を一本ずつ用意した。

リビングではレイアとライナスが追いかけっこに興じていた。ルークはケージの中だ。紗江子の存在に怯え、動こうとしない。しかし、羨ましそうな目が二匹の動きを追っていた。

「もうこの家に来て三週間になるんでしょう?」

野菜を洗いながら紗江子が言う。

「うん。ちょうど三週間だね」

真波は右手に視線を走らせた。ルークに嚙まれた傷もかなり回復してきている。もう、アルコールも解禁だ。

「それでもあんな調子だなんて、本当に可哀想」

「これでもだいぶましになったんだよ。家に来た頃だったら、紗江子がリビングに入ってきた瞬間、パニック。きゃんきゃん喚《わめ》き立てて、ケージの金網引っ搔いてる」

「犬を虐待する人がいるなんて信じられない」

紗江子は目を細めてじゃれ合う二匹を見つめた。どちらも屈託のない笑みを浮かべている。幸せであればあるほど彼らの微笑みは輝きを増す。

ルークの笑顔はまだ見たことがない。レイアと二匹だけなら笑っているのかもしれない。だが、その笑みは真波が姿を見せた途端消えてしまうのだ。

「自分で飼ってみるまではさ、犬が笑うなんて言われても信じなかったな」

紗江子が言った。

「わたしもそう」

「でも、本当に笑うよね。それも、とっても幸せそうに」

「人間の笑顔を真似《まね》してるんだっていう説もあるのよ。前にインターネットで読んだんだけど」

「それでもいいじゃない。真似できるってことは家族がよく笑ってるってことでしょ？　その子は幸せだっていう証《あかし》よ」

真波は口を閉じた。あの家族も笑っていた。夫婦も、息子もはちきれんばかりの笑みを浮かべていた。笑顔に溢れた家庭で、ルークだけが笑みを奪われたのだ。

「どうしたの、暗い顔して」

「なんでもない」

真波はチーズの包装をとき、ナイフでスライスしはじめた。レイアとライナスがすっ飛んでくる。犬は乳製品に目がないのだ。

「これはだめだよ。あんたたちには塩分がきつすぎるの。後でイチゴあげるから」

イチゴは紗江子が犬のおやつ用にと買ってきたものだった。

真波はルークを盗み見た。きょとんとした顔をしている。チーズもヨーグルトも食べさせてもらったことがないのだ。真波の元に来るまでは、品質の悪いドッグフードしか食べさせてもらったことがないのだろう。それさえも、捨てられる直前にはもらえていなかったに違いない。

真波は溜息を押し殺した。ルークを虐待し、捨てたあの家族のことを考えると何万回でも溜息が出てくるような気がした。

＊＊＊

アルコールが回っている。白ワインはすでに飲み干し、赤ワインもなくなりかけている。前菜からトマトソースのパスタまで、テーブルに並べた皿はすっかり空だった。

「ああ、お腹いっぱい。それに酔っぱらったあ」

紗江子が立ち上がり、キッチンに消えていった。

「もう食べられないよ」

「人間の分じゃないわよ」

紗江子は小さく切り分けたイチゴを盛った小皿を持って戻ってきた。レイアとライナスの尻尾が音を立てて揺れている。

「王子様に御姫様、お待たせしました」

紗江子が掌に載せたイチゴの切れ端はあっという間に消えた。ライナスが奪い取ったのだ。

「ライナス、ステイしなきゃだめじゃない」

紗江子が柳眉《りゅうび》を逆立てた。ライナスは素早く逃げたがイチゴは嚙み続けていた。

「レイア、おまえはあんなことしないわよね」

真波はイチゴをつまんだ。レイアがこれ以上ないほど真剣な目でイチゴを見つめている。

「ＯＫ」

真波が言うと、レイアは指を噛まないよう気をつけながら器用にイチゴを口に入れた。

真波は勝ち誇った顔を紗江子に向けた。

「躾《しつけ》の差ね」

「ライナスは人の家に来てちょっと気が大きくなってるだけよ。我が家ではあんなお行儀の悪いこと絶対にしないんだから」

紗江子が再びイチゴを手に取ると、ライナスが戻ってきた。今度はきちんとステイをし、紗江子の許可が出るまで待っている。真波も新しいイチゴをレイアに与えた。

鼻声が聞こえた。笛のように甲高い声だった。レイアもライナスもその声に驚き、イチゴを食べるのをやめた。真波と紗江子もケージに視線を移した。

鳴いているのはルークだった。ドアのすぐそばまで移動し、しかし、ケージを出ることはかなわず、ぼくにも食べ物をくれと鳴いている。

「食べるの、ルーク？」

真波は言った。ルークの鳴き声がさらに高くなった。真波はイチゴをつまみ、ケージの前に移動した。ルークがケージの奥に移動する。それでも鼻声はやまなかった。

「ルークのもあるよ。食べてごらん」

真波はイチゴを載せた右手をおそるおそるケージの中に入れた。ルークに噛まれたときのショックと痛みがぶり返す。しかし、意思の力でそれをこらえた。

今が勝負所だ。そういう確信があった。

ルークは鳴いている。イチゴをケージの床に置いて、あなたはケージから離れて——そう言っているのだ。

「だめよ、ルーク。食べたいならわたしの手から食べて」

おまえは焦りすぎだ——良輔の声が頭の奥で谺《こだま》する。それにおまえは酔っている。

そうよ、わたしはいつも焦っちゃうの。でもしょうがないじゃない。それがわたしなんだから。

そうよ。わたしは酔ってる。だけど、それがなんだって言うのよ。

「ほら、ルーク。頑張って。レイアもライナスも美味しそうに食べてるでしょう？　イチゴっていうの。とっても甘いのよ」

ルークは鳴いている。いつものようにパニックに襲われることも恐怖に震えることもなく、ぼくにもイチゴをくれと鳴いている。

「レイア、おいで」

声をかけるとレイアが瞬間移動でもしたみたいに真横に姿を現した。ルークの目の前でこれ見よがしにレイアにイチゴを与えてやる。

ルークの鼻声がさらに高くなる。

真波は新しいイチゴを掌に載せた。

「ほら、ルーク。欲しいんでしょう？　食べたいんでしょう？　だったら、食べて」

くぅん、くぅん、くぅん、くぅーん
ルークは鳴き続ける。だが、真波に近づこうとはしなかった。

「ちょっと真波、しつこいよ。酔うといつもそうなんだから」

「紗江子はちょっと黙ってて。これはわたしの家族の問題なんだから。ほら、ルーク」

くぅーん、くぅーん、くぅーん
ルークはレイアを見ていた。レイアに懇願していた。

「わたしを見なさい、ルーク。あんたのボスはレイアじゃない。わたしなの。なにかをして欲しいときはわたしに言いなさい」

ルークが真波を見た。次いでイチゴを見た。鼻声が止まった。

「さあ、ルーク。このイチゴはおまえのだよ。食べていいの。食べたいよね。みんなと一緒に食べたいよね。幸せの輪の中に入りたいよね。いいんだよ、ルーク。わたしが、良輔が、レイアがあんたのこと幸せにしてあげるから、全部任せていいんだよ」

ルークが立った。おそるおそる足を踏み出す。真波は精一杯優しい気持ちで微笑んだ。ルークを安心させるため。ルークと約束するため。

「幸せになりたいよね。幸せにしてあげるからね」

だが、ルークの鼻が指先に触れた。手が震えはじめる。興奮に叫びだしてしまいそうだった。だが、ルークのためにこらえた。今叫べば元の木阿弥だ。

ルークがイチゴを食べた。咀嚼もせずに飲みこみ、またケージの奥へ逃げて行く。真波は新しいイチゴを手に取った。

「まだあるよ、ルーク。たくさんあるのよ」

レイアがわたしにもちょうだいと騒いでいる。レイアにイチゴをひとかけやる。ルークが振り返る。

「ほら、ルーク。イチゴだよ。こんなにあるよ。美味しかったでしょう？　もっと食べていいんだよ」

ルークがまた前に進み出た。ルークの動く速さにあわせて真波は後ずさった。ルークが一歩進めば一歩下がる。二歩なら二歩。ルークの目は真剣だった。イチゴだけを見ていた。ケージを出たことにも気づいていない。

「ＯＫ、ルーク」

ケージから一メートルほど離れたところで真波は言った。掌からイチゴが消えた。ルークはその場にとどまった。今度はイチゴをきちんと嚙み、飲み下す。その場に座ったまま真波を見上げる。

もっとちょうだい。つぶらな瞳がそう訴えている。ずっと宿っていた哀しみは消えていた。

「ほら、ルーク、ほら」

真波は皿の中身をすべて掌に載せた。

「好きなだけ食べていいよ。好きなだけ」

ルークがイチゴを食べる。真波は左手でそっとルークに触れた。一瞬、身体が痙攣《けいれん》したが、ルークはイチゴを食べ続けた。逃げようとはしなかった。

「お食べ。たくさんお食べ。安心してお食べ」

真波は何度も何度も呟《つぶや》いた。

ジャーマン・シェパード・ドッグ

German Shepherd Dog

1

「絶対無理」

愛《めぐむ》は両手で口を押さえた。あの犬を脳裏に思い描くだけで全身が粟立《あわだ》っていく。

「なに言ってるのよ。声をかけないとなにもはじまらないじゃないの」

優理子《ゆりこ》が呆《あき》れたというように首を振った。店内はいろんな花の香りで溢《あふ》れかえっているが、午前中はほとんど客が来ない。だから、店長の優理子と世間話に興じるのが常だった。

「だって、あんなに大きな犬連れてるんですよ。わたしには無理。だって、わたしより大きいんだから」

愛は自分の身体《からだ》を見おろした。起きたばかりで測定してなんとか百五十センチの小さな身体。胸の膨らみもほとんどない。おまけに顔も童顔ときているから、時々、中学生に間違われる。確かに、通勤途中に見かける女子中学生の多くは愛よりよっぽど大人びて見える。

優理子は百七十センチ近い長身だから、ふたりで接客をしているとよく親子にも間違われた。顔の輪郭が似ているのだ。四十歳になったばかりの優理子は、そのたびに「あんたが娘だったら、わたし、いったい幾つで子供産んだことになるわけ？」と言って唇を尖《とが》らせる。

「どんな犬なのよ？」

「大きい犬」

「それはわかってるの。見た目の特徴はって訊《き》いてるのよ」

「耳が立ってて鼻が長くて、脚はすらっとしてておお尻が少し下がってたかな。黒と薄い茶色の二色」

「なんなのよ、その描写。全然わかんないわよ」

苦手な犬をそんなにじっと観察できるわけもない。いつもすれ違うたびにびくびくしているのに。

「あ、警察犬。あれです」

「シェパード？　そんな犬を連れて離山《はなれやま》に登ってる人がいるの？」

「そうなんです」

愛はうなずいた。

愛が登山をはじめたのは去年の秋だ。千葉の海沿いで生まれ育ち、高校も短大も地元の学校だった。東京で就職した会社が二年で倒産し、さあ、これからどうしようと考えたとき、もう、海も都会もうんざりだと思っている自分に気づいたのだ。山の近くで暮らしたい。ぼんやりとそう思っていた時に、従姉《いとこ》が耳寄りな話を持ってきた。従姉の同級生が軽井沢でフラワーショップをはじめることになり、一緒に働いてくれるスタッフを探しているというのだ。愛は短大時代、花屋でバイトをしていた。そのことを覚えていた従姉が、やってみたらと水を向けてくれたのだ。

軽井沢へ来て三年。最初のうちは瑞々《みずみず》しかったすべてのことが、今ではだいぶ色褪《いろあ》せてしまった。これではいけない。一念発起してなにかをはじめなければ。そう思うたびに見えるのは浅間山《あさまやま》の雄姿だった。折しも世間は登山ブームのまっただ中。せっかく山々に囲まれた信州で暮らすことを選んだのだからと登山をはじめることにした。運動とはいえ、短大を卒業してからというもの、ろくに運動をした覚えがなかった。運動神経は悪い方ではなかったが、体力は間違いなく落ちている。登山用品は買いそろえたが、実際に山へ行く勇気がなかなか湧いてこなかった。しかし、やると決めたのだ。やらなければ。

登山を趣味にしているという優理子の知り合いに相談した。それならば、トレーニングと実戦を兼ねて離山に登ってみたらいい。そう言われたのだ。

離山は軽井沢町のほぼ真ん中に位置する標高千二百五十六メートルの小さな山だ。軽井沢自体がほぼ標高千メートルなので、実際の標高差は二百五十メートル。その程度の山なら、体力の落ちた自分にも登れるかもしれない。そう思い、紅葉のはじまる直前に離山に向かった。

しかし、離山は特殊な山だった。昔、この地を避暑地として発展させた外国人たちは離山をテーブルマウンテンと呼んでいたらしい。テーブルの形をした岩山。そのとおり、離山の外観は台形のようだった。左右の稜線《りようせん》がいきなり天を目指して伸び、その上に平らな山頂がぽつんと載っている。つまり、同じ程度の高さの山に比べて勾配《こうばい》がはるかにきついということだ。

離山に登山道はふたつあり、東口登山道はよく整備されていて登るのにも下りるのにも楽だったが、南口登山道はほとんど獣道と変わらなかった。しかも、きつい。もちろん、優理子の知り合いには南口から登ることと言われていた。これは浅間山のような山に登るための訓練なのだ。

最初の登山は散々だった。登りはじめから急勾配が続いて息が切れ、筋肉が痙攣《けいれん》し、三分の二まで登ったところでリタイアした。翌日からは激しい筋肉痛で、それが三日も続いた。心配した優理子が有休をとれと言ってくれたほどだ。

筋肉痛がおさまると、愛は再び離山に挑戦した。きつかったが、初めての時ほど辛《つら》くはなかった。一時間半をかけて山頂に立った時は言いしれぬ感動に襲われた。晴れ渡った秋空にそびえる浅間山、そのはるか向こうには北アルプスの山々が見えた。南に目を凝らすとひときわ異彩を放つ山の頂を見ることもできた。

「まさか、富士山？」

軽井沢から富士山を眺めることができるなんて、夢にも思ったことがなかった。それが見えたのだ。

以来、休日のたびに離山に登り、今年の春には浅間山の山頂にも立った。山登りは辛いが、山頂に立った時のあの気分はなにものにも代え難い。愛は山に中毒しはじめていた。

「でも、その人、素敵なんでしょう？」

優理子がからかうような視線を向けてきた。愛は照れながらうなずいた。

その人と怖い犬を離山の登山道で見かけるようになったのは八月がもうすぐ終わるというころからだった。山頂近くの東屋《あずまや》で持参したサンドイッチを頬張っていると、突然、その人と犬が現れたのだ。

年齢は三十代半ばぐらい。少し長めの髪にバンダナを巻きつけ、小型のザックを背負っていた。顔にはサングラス、左手にはリード。リードの先には大きな犬。その人は「こんにちは」と挨拶してくれたが、愛はうなずいて口ごもった。犬が怖くてしかたなかったのだ。

以来、二、三回に一回の割合で彼と犬に出会うようになった。できれば言葉を交わしてみたかったが、犬がいる限り、永遠に無理なように思われるのだ。

「もう十月になるっていうのに軽井沢にいて、平日、犬を連れて離山に登ってるんでしょう。堅気じゃないわね」

「うん。サラリーマンじゃないと思う」

「指輪は？」

「してない」

「もう。犬が怖いとか言いながら、見るべきところはちゃんと見てるんじゃない」

「だって……」

「そんなに気になってるんだったら声をかけなきゃ。その犬だってあんたに吠《ほ》えかかるわけじゃないんでしょう？」

「うん。静かないい子」

「だったらなおさら——もうわかってると思うけど、軽井沢だ避暑地の王様だって言ったって、ここは基本田舎町なんだから。なかなかいい男なんていないのよ。チャンスは自分から摑《つか》みに行かなくちゃ。じゃないと、一生男縁がなく終わるわよ。わたしみたいにね」

そんなことはない、優理子さんはまだ若いじゃない──そう言おうと口を開いた瞬間、ひと組のカップルが店に入ってきた。

「いらっしゃいませ」

優理子が軽やかな声をあげてカップルに近づいていく。愛は微笑《ほほえ》み、伝票整理の仕事に戻った。

2

百二十段近くある階段を登りきると、そこが山頂だった。何度登ってもこの階段はきつい。息切れがし、体調が悪いと目眩《めまい》を覚えることもある。山頂にいたるルートはいくつかあるが、この階段を登るルートはもっともきついものだった。それでも愛は階段を登る。これは訓練だから──自分にそう言い聞かせて。一段登るたびにザックに取りつけた熊除《くまよ》けの鈴が涼しい音を立てる。

山頂には見晴《みはらしだい》台のようなものがある。大理石で作られた台座には山頂から見える山々を記した銅板が置かれ、その脇には双眼鏡が設置されている。その双眼鏡の柱に例の犬──ジャーマン・シェパードが繫《つな》がれていた。

荒かった息が瞬時に止まった。愛はその場に凍りつく。シェパードは最初から愛の来る方角に顔を向けていたようだった。鈴の音に耳を傾けていたのかもしれない。シェパードは匂いを嗅ぐ仕種《しぐさ》をした。垂れていた尾が少しだけ持ち上がった。

三、四メートルは離れている。しかし、犬がその気になれば、一瞬で距離を詰めて襲いかかることができる。犬と双眼鏡の柱を繋いでいるリードは愛の目からは消え失《う》せていた。

尻尾《しっぽ》が小さく左右に揺れた。その意味が愛にはわからない。挨拶の代わりなのか。それとも、この場から立ち去れと威嚇《いかく》されているのか。もの言わぬ大きな犬はただ愛を見つめている。

「ああ、ごめんなさい」

突然、茂みの向こうから声がした。犬の飼い主が小走りに駆けてくる。犬は飼い主の方を向き、今度は盛大に尻尾を振った。

「グッド・ステイ、グッド・ガール、メグ」

飼い主も犬に微笑んだ。いつもかけているサングラスがなかった。サングラスをかけているとどこか冷たい雰囲気を放っていたその顔は、多少目尻がさがって愛嬌《あいきょう》に溢れていた。愛は大きく息を吸い込んだ。恐怖という名の呪縛がとけたのだ。

飼い主は犬の頭を撫《な》でながら愛にも微笑みを向けた。

「申し訳ない。山頂についたら、急に催しちゃって。木陰で立ちションを。鈴の音が聞こえたから急がなくちゃとは思ったんだけど、これぱかりはね」

「あ、そ、そうなんですか」

「あなた、犬が苦手でしょ？　それなのに、辛い思いをしてここまで来たら犬が待ってたなんて洒落《しゃれ》にならないよね」

飼い主はリードを双眼鏡の柱から外した。

「ど、どうしてわたしが犬が苦手だってわかるんですか？」

「もう何度もすれ違ってるでしょう。わかりますよ。あんなに身体を強張《こわば》らせて。メグは人に襲いかかったりはしないんですけどね。確かに犬が苦手な人には怖く見えるかもしれないけど」

「わたし、大きいとか小さいとかじゃなく、犬全般がだめなんです。子供の時、噛《か》まれたことがあって」

近所の遊び友達とかくれんぼをしていた時だ。早く隠れなくちゃ——隠れ場所を探していると、どこからか突然犬が現れ、牙を剝《む》き、唸《うな》り、飛びかかってきた。右の太股《ふともも》に食い込んだ牙の痕はまだ残っている。

「ああ、それは可哀想《かわいそう》に。不幸せな犬に出会っちゃったんですね」

「不幸せな犬？　不幸だったのは噛まれたわたしの方だと思いますけど」

「そういうことにしておきましょう。じゃ、お先に」

飼い主はぺこりと頭を下げ、愛が登ってきた階段とは反対側の登山道を下っていった。シェパードはリードを引っ張ることもなく、飼い主の左斜め後方を歩いて行く。いつもそうなのだ。登山道で会っても、山頂で会っても、シェパードはいつも同じポジションをとって飼い主の後についていく。追い越すことも、他の方角へ行こうとすることもない。

愛は見晴台の手すりに腰を乗せた。まだ心臓がでたらめに脈を打っている。あの犬を見るまでは火照《ほて》っていた身体がすっかり冷えていた。

犬は怖い。あの時のショックと恐怖は忘れられない。

ザックをおろし、サイドポケットからペットボトルを引っ張り出した。中身を一気に飲み干すと、やっと心に余裕が生まれた。

「メグって呼ばれてた、あの子。女の子なのかしら？　わたしと同じ名前……」

山頂には秋の冷たく乾いた風が吹きつけている。身体は冷えていく一方だった。愛はザックを背負い直し、熊除けの鈴をちりんと鳴らした。

これからは熊が活発に行動しはじめる。冬眠の準備に入るからだ。優理子の知り合いからもくれぐれも注意するようにと言われていた。

「あんな犬と一緒に登ったら、熊に襲われることもないかもね」

愛は独りごち、山を下りはじめた。

犬は怖かった。でも、飼い主とはじめてまともに言葉を交わした。今日はいい登山日和《びより》だったということにしておこう。

「でも、不幸せな犬ってどういう意味かしら？」

枯れ葉で覆われた登山道を下りながら、愛は首を傾《かし》げた。

3

十月に入るとそれまでの喧噪《けんそう》が嘘《うそ》だったかのように軽井沢は静まりかえる。観光客や別荘族の足は遠のき、山々の木々が鮮やかな紅色に変わるころにまたその姿が見えるようになるぐらいだ。雪が降り積もる季節になれば、軽井沢は寒気に閉ざされたただの田舎町に変貌するのだ。

十月の初旬、愛はまとまった休みをとって上高地《かみこうち》を目指した。優理子の知り合いに誘われたのだ。涸沢《からさわ》カールの紅葉を見に行かないか、と。

パーティは四人。愛を誘ってくれた柳沢《やなぎさわ》とその友人の依田《よだ》と松木《まつき》。女がひとりだけということに最初は抵抗があったけれど、顔合わせをしてみると依田も松木も五十代はじめの気の好《い》いおじさんたちだった。柳沢は登山の師匠とも呼ぶべき人だ。愛は行くことを決めた。

なにしろ、しばらくはまとまった休みを取ることができなかったのだ。週一日の休みの日に離山へ登ることしかできず、本格的な登山はゴールデンウィーク直後に浅間山に登ったきりだった。十一月にはもう一度浅間登山を計画している。その前に足ならしをしておくのも悪くはない。

早朝五時に柳沢の運転する車で軽井沢を発《た》ち、沢渡《さわんど》でバスに乗り換えた。上高地を出発したのは午前九時ちょうど。涸沢ヒュッテに到着したのは午後三時。道中の紅葉も見事だったが、涸沢カールの紅葉には言葉を失った。

その夜はヒュッテの狭い部屋で柳沢たちと雑魚寝《ざこね》をした。松木の鼾《いびき》には閉口したが、初めての体験はなんだって新鮮だった。

翌日はゆっくり時間をかけて上高地まで下山し、温泉旅館に宿泊した。宿泊費は目の玉が飛び出るような値段だったが、おじさんトリオが愛の分も出してくれることになっていた。その代わり、夜の宴会ではお酌をしてまわることになっている。

「メグちゃん、本当に二十五歳?」

宴もたけなわになったころ、アルコールで顔を真っ赤に染めた依田が言った。

「はい。二十五歳です。なにか問題でも?」

「だって、十五ぐらいにしか見えないよ。おれの娘と同じ。柳沢に話聞いた時はさ、二十五歳の女の子と間違いでも起こしちゃったらどうしようなんて思ってたんだけど、娘のこと思い出しちゃって間違い起こしようがないよ」

「はいはい、童顔ですみません。おっぱいも小さくてすみません」

愛は日本酒の入ったお猪口《ちょこ》に口をつけた。依田も酔っているが、愛もかなり回りはじめていた。柳沢も松木もご機嫌だ。

「依田ぁ、今のはセクハラ発言だぞ。おれは優理子ちゃんからメグちゃんのボディガードを仰せつかってるんだからな。これ以上はゆるさんぞ」

「セクハラもなにも、そんな気が起きないって言ってるだろうが」

愛は手酌で酒を注いだ。依田に悪気がないのはわかっている。だから傷つく必要などこれっぽっちもないのだ。それがわかっていても、どこか卑屈になっていく自分がいる。それを酒の力でねじ伏せてしまいたかった。

「もうやめろって」

松木が依田に目配せした。自分が俯《うつむ》いてしまっていることに気づき、愛は顔を上げた。

「わ、わたしなら大丈夫ですよ。こういうの、慣れてますから」

依田がしまったという顔をして天井を見上げていた。

「ごめんな、メグちゃん。田舎の親父《おやじ》は空気が読めなくってさ」

「わたしなら平気ですってば」

語気が荒くなっていく。余計な気遣いをされると、居心地がますます悪くなってしまうのだ。

「おれ、ちょっと便所」

依田が逃げるように部屋を出て行った。それで雰囲気のまずさは決定的になった。愛も発するべき言葉を見つけられず、闇雲に酒を呷《あお》った。

「いや、それにしてもさ、驚いたな」松木が取って付けたように言った。「メグちゃん、健脚だよね。いくら若いからって、おれたちに平気でついてくるんだから」

「おだてたってだめですよ。もう、お酌しませんから」

「そんなこと言わないでさあ。普段はどういうトレーニングしてるの？」

「週に一度か二度、離山に登ってるぐらいです」

「離山か。あれはいい山だからなあ」

そこに依田が戻ってきた。

「そういえば、最近、犬連れて離山に登ってくるやつがいるだろう。ほら、警察犬のシェパードってやつ」

酒を飲む手が止まってしまった。なぜだか、心臓が激しく脈打っている。鼓動が柳沢たちに聞かれてしまいそうな錯覚に襲われて、愛は息をのんだ。

「ああ、おれも何度か見かけたことあるよ。よく躾《しつけ》の入ったいい犬だな」

柳沢が言った。

「あれ、本当に警察犬らしいぜ」

「なにそれ？　警察犬が離山でなにか探してるっての？」松木が身を乗り出す。「死体かなにか？」

「そうじゃねえよ。リタイアした警察犬なんだとよ」

「なぁんだ」

松木は興味が失せた顔で料理を頬張った。

「どこかで小耳に挟んだことがあるな。警察犬の訓練士だった若い男が追分に越してきたって」

追分というのは軽井沢の西に広がる地域のことだった。

「そいつのじいさんが何十年も前に建てた、今じゃもう崩れ落ちそうな別荘に住んでるんだってよ。佐久や小諸《こもろ》の方まで出張《でば》って犬の躾教室みたいなのやってるって話だ」

「依田さん、よくご存知なんですね」

愛はやっと口を開いた。

「依田はおばさん体質なんだよ、メグちゃん。噂《うわさ》好き、ゴシップ好き」

松木が揶揄《やゆ》するように言った。

「やかましい」

「その人の名前、なんて言うんですか？」

さりげなく訊いたつもりだった。だが、心臓は相変わらず激しく脈打っていた。

「名前？　なんだっけかな？　川口……違うな。そうだ。川久保《かわくぼ》だ。確か、川久保って名前だった」

川久保。犬の名前はメグだ。愛《めぐむ》の愛称と同じ。めぐむと呼ばれることはほとんどなかった。親にも兄弟にも友達にもずっとメグと呼ばれてきた。

あのシェパードの名前は川久保メグ。もし、あの人と結婚するようなことになったら、わたしは川久保愛――川久保メグ。そうなったらあの人はどっちをどう呼ぶのだろう。

「なんだよ、メグちゃん、ひとりでにやにや笑って。気持ち悪いな」

松木の声が耳に飛びこんできた。愛は我に返った。

「あ、すみません。お酌します」

「なんだよ。さっきはもうお酌なんてしないって言ってたくせにさ」

「酔っぱらってるんです。ゆるしてください」

愛は愛想笑いを浮かべながらお銚子《ちょうし》を手に取った。

4

山肌を吹き抜ける風が冷たい。秋は駆け足でやって来て速度を落とさぬまま通り抜けようとしているかのようだ。午前九時で気温は一桁台。風のせいで体感温度は氷点下に近かった。防寒着に覆われた身体は火照っているが頬は氷のように冷たくなっていた。もちろん、火照った身体も登るのをやめれば途端に冷えていく。

先月までは土が剝き出しだった登山道も今は枯れ葉の絨毯《じゆうたん》に覆われていた。ところどころ土を掘り返した跡があるのは猪《いのしし》の食事の痕跡だ。中身だけほじくり出された栗《くり》のいがも、熊か猪たちが食べ散らかした跡なのだろう。冬になれば山に食べ物はなくなってしまう。今のうちに、今のうちに——森のあちこちに獣たちの焦燥感が刻みつけられている。

最後の階段を登り切る。見晴台にあの人と犬——川久保とメグがいた。

「おはよう」

川久保が微笑みを浮かべた。

「お、おはようございます」

愛を必要以上に怯《おび》えさせないようにという配慮か、川久保はメグのリードを短く持っていた。

「大丈夫。メグは甘えるように横顔を川久保の太股に押しつけている。

「は、はい」

「しばらく見かけなかったけど」

「涸沢に行ってきたんです。まとまった休みをもらった代わりに、先週は休みなしで……だから、ここに登るのはほとんど半月ぶりで……」

「涸沢に行ってきたんだ。凄《すご》いなあ。綺麗《きれい》だった？」

「綺麗で、でも登山者がもの凄く多くてどっちにもびっくりしました」

「この時期の涸沢はしょうがないよ」

川久保は双眼鏡の踏み台の上に腰を下ろした。ごく自然な仕種でメグも座った。メグは揺るぎない視線を川久保の横顔に当てている。リタイアした警察犬だ——依田の声がよみがえった。

「これぐらい離れてても怖い？」

「だ、だいじょうぶです」

警察犬なら厳しい訓練を受けているはずだ。それに合格してやっと警察犬になれるのだ。だから、川久保の命令なしに襲いかかってくることはないだろう。たぶん。

愛は生唾を飲みこみながらザックをおろし、見晴台の手すりに尻を乗せた。

「川久保さんっておっしゃるんですよね？」

「どうして知ってるの？」

「知り合いに噂好きなおじさんがいまして、その人に聞きました。元警察犬の訓練士がリタイアした警察犬と一緒に追分に越してきたって」

「凄い情報網だな。その人」

「その人も山をやるんです。それで、時々川久保さんとメグをここで見かけて気になったらしくて」

「川久保正紀《まさき》。よろしく」

川久保が微笑んだ。

「梶田《かじた》愛です」

愛はぺこりと頭を下げた。

「めぐむちゃんかあ。メグと同じだ」

川久保はメグの頭を撫でた。

「愛と書いてそう読むんです。友達はみんなメグって呼びますけど」

「ねえ、メグちゃん」

「はい？」

「同じ名前なのもなにかの縁じゃないかな」

「そ、そうですか？」

愛は身構えた。川久保が悪戯《いたずら》小僧のような表情を浮かべていたからだ。

「ちょっとうちのメグに触ってみない？」

「いやです。無理です」

「メグ、ステイ」

流暢《りゆうちよう》な発音の英語で言って、川久保はメグから離れた。メグはその場に座ったまま動かない。

「メグは警察犬だったんだ。厳しい訓練を乗り越えてきたんだよ。ぼくは彼女に動くなって命じた。その命令を解除するまで彼女は絶対に動かない」

「無理です」

犬に触れる——そう考えただけで身体が金縛りにあったようになってしまう。

「犬を好きになれとは言わないけど、メグとは普通に接することができるようになってもらいたいんだ。そうしたら、もっと気楽に声をかけられるようになるだろう？」

いつの間にか川久保が真横に立っていた。

「そ、それはそうですけ……」

「メグは絶対に君を噛んだりしない。襲いかかりもしない。警察犬の訓練を受けてるからああだけど、本当はとてもフレンドリーな子なんだ」

川久保の言うとおり、メグは微動だにしない。まるで彫像のようだった。

「そっと近づくんだ。視線は低くしたまま」

「え？」

川久保に背中を押され、愛は足を踏み出した。まるで催眠術にかけられたかのようだった。

メグは動かない。かすかに開いた口からピンクの舌が覗《のぞ》いている。黒い目は優しい光をたたえて川久保を見つめている。

「わたし、無理です」

「だいじょうぶ。呼吸を整えて。君がパニックになるとそれがメグにも伝わっちゃうからね。落ち着いて近づくんだ」

川久保は愛の気持ちを無視してどんどん背中を押してくる。強くはないが有無を言わせぬ力だった。

メグとの距離が一メートルを切った。息遣いが聞こえる。メグは動かない。

「川久保さん……」

「だいじょうぶ。メグはなにもしない」

また背中を押された。メグの顔がすぐそばにある。

「さあ手を伸ばして」

促されたが手は動かなかった。

「もう、じれったいなあ」

川久保の手が愛の肘《ひじ》を摑んだ。そのまま腕を押し出される。指先がメグの体毛に触れた。思っていたよりずっと柔らかく、温かかった。愛は目を閉じた。指先からメグの鼓動が伝わってくる。

「ほら、だいじょうぶだろう？」

川久保が囁《ささや》いた。愛はうなずいた。触れるまではあんなに怖かったのに、今ではその恐怖心が薄らいでいる。

「目を開けて」

愛は目を開け、息をのんだ。メグの顔が驚くほど近くにあった。漆黒の柔らかい瞳が愛の目を覗きこんでいる。

「メグちゃん、動かないでじっとしてて。メグ、ＯＫ」

メグが動いた。愛にさらに顔を近づけ、鼻をひくつかせて匂いを嗅ぐ。恐怖がぶり返した。冷や汗が噴き出てきた。喉が渇いた。気絶してしまいそうだった。

メグが愛の匂いを嗅ぐのをやめた。代わりに、愛に身体を押しつけてくる。倒れそうになった愛を川久保の手が支えてくれた。

「これでもうメグちゃんとメグは友達だ。メグが撫でてくれってお願いしてるよ」

川久保の言葉は正しいとでも言うように、メグは尻尾を揺らした。

恐怖はまだ愛の心臓を鷲摑《わしづか》みにしていた。しかし、前後を川久保とメグに挟まれて逃げ場がない。愛は思い切ってメグの顎の下に触れた。そっと撫でた。

メグの尻尾が激しく揺れた。

「メグの友達になってくれてありがとう」

川久保が言った。愛は呆《ほう》けたようにメグの顎の下を撫で続けた。

5

メグは愛の太股に顎を乗せて眠っていた。運転席では川久保が鼻歌交じりにステアリングを操っている。助手席に乗ろうとしたら、「メグと一緒に後ろ」と言われたのだ。その方がメグが喜ぶから、と。

レガシィは国道百四十六号を北上している。曲がりくねった峠道を登り切ると峰の茶屋が見えてきて、国道を挟んだ向かい側に小浅間山《こあさまやま》の登山道入口がある。外はまだ暗い。

たまには違う山に登ってみないかと川久保に誘われたのは十一月の初旬、初雪が降った直後だった。それから十日が経《た》って、軽井沢近辺の景色は冬に向かって驀進《ばくしん》していた。朝の気温は氷点下。日中も一桁台の気温で推移している。

「なんだか、メグをだしにしてナンパされたみたいな気分」

愛は言った。

「おれの好みはもっとすらっと背が高くてスタイルのいいお姉さんタイプだから」

川久保が軽い口調で応じてくる。憎たらしい。

「あれがナンパじゃなかったらなによ?」

「犬を怖がる人を見ると居ても立ってもいられなくなるタイプなんだ、おれ」

ルームミラーに映る川久保の顔はにやけていた。愛は口を噤《つぐ》んだ。確かに、川久保とは離山で会うだけだった。どこかに行こうと誘われたのはこれが初めてだし、デートではない。あくまで登山なのだ。ナンパされたのだとしたら、もっと違う展開になっていただろう。

「そういえば、初めて言葉を交わした時、わたしが昔、犬に嚙まれて犬が怖くなったって言ったでしょう」

「うん。よく覚えてるよ」

「あの時、川久保さん、不幸せな犬に出会ったって言ったわ。嚙まれたわたしが可哀想って言うんじゃなくて。あれ、どういう意味?」

「メグは絶対に人を嚙まない」

川久保がメグと言った瞬間、眠っているはずのメグの耳がぴくりと動いた。

「うん。それはもうわかった」

「メグの場合、警察犬っていう特殊な立場だったけど、基本はどんな犬でも変わらないんだ。人から愛情を注いでもらう。人間社会の中でしていいことと悪いことを教わる。そうやって、犬は人と一緒に暮らすことに喜びを見いだすようになっていく」

愛は無言でうなずいた。

「メグちゃんを噛んだ犬は、飼い主からそういうことを教わらなかったんだ。あるいは愛されてなかったか。どっちにしろ、その犬は人間社会に順応することができなかった。人と触れあえず、きっと他の犬と楽しく遊ぶこともできない。犬はね、人と一緒に暮らすようにできてるんだ。それがうまくできないのって、不幸せだと思わない？　噛まれたメグちゃんも可哀想だけど、噛んだ犬も可哀想」

「そう言われればそんな気もする」

「まあ、たいていの場合、飼い主が悪いんだけどね」

そう言って、川久保はなにかのメロディを口笛で吹きはじめた。音程がめちゃくちゃで、なんの曲かはわからなかった。

＊＊＊

小浅間山は浅間山の側火山《そっかざん》のひとつで、標高千六百五十五メートル。登山口からの標高差は二百五十メートルほどの登りやすい山だった。登山道入口の注意書きを記した看板には犬を連れて入るなとあったが、川久保はにやりと笑っただけだった。

こうした山で犬連れが禁止されるのは犬の排泄物《はいせつぶつ》が生態系によくないからだと聞いたことがある。だが、メグならその点は大丈夫だろう。

まだ暗いうちから登山道を歩きはじめた。十日前なら熊との遭遇に注意を払わなければならないところだが、これだけ寒くなると彼らももう冬眠しているはずだった。なだらかな登りの続く林道を三十分も歩くと急に視界が開けてくる。そこからは勾配も急になり、二十分ほど登るとそこが山頂だった。

「わあ」

愛は声をあげた。辺りはまだ暗いというのに東の空が赤く染まっている。小浅間山と東の山々に挟まれた軽井沢の町は雲海の底に沈んでいた。

「もうすぐ日の出だよ」川久保が言った。「離山の山頂は東側が木に覆われてて日の出を楽しめないだろう？　でも、ここは別格なんだ。離山より楽だしさ」

確かに、小浅間登山は離山よりよっぽど楽だった。

赤かった空がオレンジから黄色へと徐々に色調を変えていく。雲海も黄金色に染まりはじめていた。

「綺麗――」

愛は手袋をはめた両手で口元を覆った。闇に覆われていた世界が輝きを取り戻そうとしている。まるで世界の誕生に立ち会っているかのようだ。

愛は山頂で立ち尽くしていたが、川久保とメグは日の出をもっと近くで見ようと山頂から少し下った場所へ移動した。その後ろ姿がシルエットになって黄色い空に浮かび上がる。

「綺麗――」

愛は同じ言葉をつぶやいた。いつの間にかメグのリードは外されていた。それでもメグは、リードがある時と同じように川久保の左後方の位置を守って動いていた。顔はかすかに上げられ、きっとその目は川久保の横顔を見つめているのだ。いつどんな時に命令を下されても即座に反応できるように。

メグは美しかった。メグを従えている川久保も美しかった。

東の山の稜線がひときわ明るい光を放った。太陽が顔をのぞかせる。赤い太陽だった。雲海が砂金をまぶしたみたいにきらきらと輝いている。

川久保が振り返った。

「ほら。これを見ちゃったら、メグちゃん、もう一生登山から逃げられないぞ。小浅間でこれなんだから、もっと高い山に登ったらどれだけ綺麗だと思う？」

「うん。そうだよね。ほんとだよね。わたし、こんなに綺麗な日の出見たことなかった」

川久保とメグは完全なシルエットと化していた。黒い輪郭の縁から光がどんどん溢れてくる。光は闇を蹴散らし、世界を照らし、祝福する。

川久保とメグの姿が見えなくなった。太陽がすっかり顔を出し、強烈な陽光が視界を奪ったのだ。目を細め、手をかざした。

川久保がメグになにかの匂いを嗅がせていた。

「探せ」

川久保の声が聞こえた。メグが地面に鼻をつけた。そのまま、匂いを嗅ぎながら尾根を北側に移動し、メグは林の中に消えていった。

「なにをしたの？」

愛は訊いた。

「なにって、メグに仕事をさせてるんだよ」

川久保はメグの消えた林を見つめながら微笑んだ。

＊＊＊

「腹減ったな、弁当食おうよ」

川久保はそう言って地面に腰を下ろした。メグはまだ林の中だった。

「でも、メグが……」

「メグは大丈夫だから」

川久保に促され、愛はザックから弁当箱を出した。

「おお、愛妻弁当だ」

川久保が相好《そうごう》を崩した。愛は川久保の隣に座り、弁当箱を渡した。母親に電話でレシピを教わって作ったおかずが入っている。鶏《とり》の唐揚げ、カボチャの煮物、キャベツの浅漬け。おにぎりの具は梅干しとおかかだ。

「これ、買い置き？」

唐揚げを頬張りながら川久保が言った。愛は川久保を撲《ぶ》つまねをした。

「昨日の夜、自分で揚げたんだよ」

「冗談だよ。怒らないで。美味《おい》しいよ、これ」

「本当に？」

「うん。他人の手作りの料理、久しぶりだからなあ」

「川久保さん、自炊してるの？」

愛もカボチャを口に放り込んだ。少ししょっぱすぎる気もするが食べられないわけではない。

「外食できる余裕ないからなあ。収入と支出、かつかつなんだよ」

「躾教室、人が集まらないの」

「最悪よりましだけど、最高ってわけじゃない。あ、戻ってきた」

愛は川久保の視線を追いかけた。林からメグが出てきたところだった。口になにかくわえて、メグは全力疾走でこちらに向かってきた。

「よくやったぞ、メグ」川久保が声を張り上げた。「グッド・ガール」

メグが目の前に来ると、川久保は布きれを受け取り、大袈裟《おおげさ》にメグの身体を撫で回した。メグの尻尾が派手に揺れた。川久保は笑っていた。表情まで緩んでいる。メグは笑っていた。犬が笑うということを愛ははじめて知った。

「それはなに?」

「この前ここに登ったときに隠しておいたんだ」

川久保はズボンのポケットからジャーキーを取りだし、メグに与えた。

「どうしてそんなことを?」

「メグがさ、仕事したいって訴えるんだよ」

川久保はまだメグの身体を撫でている。

「仕事?」

「メグは警察犬だったんだ。でも、八歳を過ぎて引退することになった。メグはおれが訓練した最初の警察犬だったから思い入れがあってね。引き取ることにした」

メグを見下ろす川久保の目には柔らかい光が溢れていた。

「普通、警察犬って引退したらリラックスするものなんだ。盲導犬なんかもそうだけど、犬たちにはきつい仕事なんだよ。二十四時間本能を抑えこんで人間のために尽くさなきゃならないんだから。だから、おれもメグをのんびりさせてやろうと思ってた」

「でも、メグは――」

「仕事をしたいって言って聞かないんだ。実際、仕事をさせないとメグはどんどん衰えていくんだな、これが。メグちゃんにはわからないかもしれないけど、衰えていく犬を見守ることほどつらいことはない」

「なんとなくわかるよ」

「それでこっちに越してくることにしたんだ。仕事をさせてやりたくても、都会じゃなかなかできない。こっちなら、離山だったりここだったり、ものを隠してそれをメグに探させることができる。オンシーズン以外は人も滅多にこないしね」

「犬のために、仕事や住むところを変えたの？」

「メグはね、仕事をやり遂げて人間に褒めてもらうのが生き甲斐《がい》なんだ。そういうことを教え込んだのもおれだし、おれの都合で取り上げることはできないだろう？」

「そういうものなの？」

「だって、この世の中でおれが一番愛してるのはメグなんだから」

胸が鳴った。頬が赤らむのを覚えた。川久保がメグのことを言っているのはわかっていても、身体の奥が熱くなるのをとめられなかった。

「さっき、おれが褒めたら、メグ、笑っただろう？」

愛はうなずいた。

「逆に言えば、メグが笑うのを見るのがおれの生き甲斐」

メグが愛と聞こえる。耳が勝手に言葉を置き換える。

「あ、いけね。弁当が冷えちゃう。食べよう」

川久保は再び腰を下ろし、弁当を頰張りはじめた。メグがその横に伏せ、目を閉じる。以心伝心。川久保とメグの間に割り込む隙はない。

「馬鹿みたい」

胸の高鳴りが消え、代わりに自己嫌悪が襲ってきた。

「あれ？　メグちゃんは食べないの？」

「なんだか食欲がなくなっちゃった」

「じゃあ、おれが食べてもいい？」

川久保は子供のような顔をしていた。愛は苦笑してうなずいた。

6

「嘘」

愛はフリースのジッパーを首元まであげた。家の中の温度は外とほとんど変わらなかった。

「この家で冬を越すつもり？　マジで？」

愛は薪《まき》ストーブの近くで伏せているメグに声をかけた。メグの尻尾がゆるやかに揺れた。川久保の祖父が建てたという家は築五十年を優に過ぎているだろう。あちこちにがたがきていて、すきま風がひっきりなしに吹き込んでくる。

川久保から電話があったのは今朝だった。東京でお世話になっていた人が亡くなった。どうしても葬儀に出席したいのだが、メグを連れて行くことができない。二日間、メグの面倒を見てもらえないだろうか。

いいよ——愛は二つ返事で引き受けた。まだ犬は怖いが、メグならだいじょうぶだ。それに、メグと親しくなれれば、川久保との距離ももっと縮まるかもしれない。

しかし、愛のアパートはペット禁止だった。必然的に、川久保の家で二日間を過ごすことになる。仕事を終えた後、一旦アパートに戻って泊まり支度をしてきたのだ。

「メグ、ちょっと待ってね。ストーブに火をおこしたら散歩に行こう」

川久保の留守中に火事でも起こしたらどうしよう。そう言った愛に、川久保は笑いながら火災保険が下りて新しい家を建てられるから火事起こしてよと応じた。とにかく、寒くてストーブなしではいられない。火をおこしてからでかければ、戻ってくる頃には幾分暖まっているだろう。

薪はほどよく乾燥していてすぐに火がついた。ストーブの上に水を張ったヤカンを置き、ダウンジャケットに袖を通す。

「お待たせ、メグ。お散歩に行こう」

声をかけると、メグは玄関に向かった。相手が川久保でなくても人の意思を汲《く》み取ることができるのだ。

メグの首輪にリードを繋ぎ、外に出た。生まれて初めての犬との散歩に気分が高揚している。吹きつけてくる冷たい北風も苦にならなかった。

メグは川久保と歩くときと同じように、愛の左後方を歩いた。愛の歩調に自分を合わせ、まるで影のように付き従ってくる。しばらくすると、道の反対側から人間と犬がやって来るのが見えた。小型犬だが、愛とメグを認めた途端、激しい声で吠えはじめた。

身体が竦《すく》んだ。愛は立ち止まり、リードをきつく握った。犬がどんどん近づいてくる。リードで繋がれているとわかっていても恐怖が薄れることはなかった。犬は吠え続け、犬の飼い主がそれを止めようとする気配もない。

メグが動いた。愛の前に出て犬を一瞥《いちべつ》する。途端にその犬は吠えるのをやめた。首をすくめ、尾を垂らし、そそくさと通り過ぎようとする。

メグは犬が遠ざかるまで、愛の前で仁王立ちし続けていた。背筋をぴんと伸ばし、頭をもたげたその姿は威厳に満ちあふれている。

「メグ、わたしを守ってくれたの？　ありがとう」

愛はメグの頭を撫でた。メグが振り返り、笑った。間違いない。川久保に褒められた時にそうするように、愛にも微笑みかけたのだ。

「わたしにも笑ってくれるんだ、メグ」

愛はメグに抱きついた。たくましい身体が愛を受け止める。さっきまでの恐怖は消し飛んでしまっていた。

＊＊＊

ぱちぱちと音を立てて薪が燃えている。しかし、家の中はいっこうに暖まる気配がない。ストーブが生み出す熱も、すきま風がすぐにさらっていってしまうのだ。冬の登山のために買った防寒用のアンダーウェアを穿《は》き、ニットとフリースで武装しても震えがとまらない。愛はダウンジャケットも着込み、熱いコーヒーを注いだマグカップを両手で包み込んだ。吐く息が白い。

川久保は本当にこの家で冬を越すつもりなのだろうか。

「うぅ、寒っ」

愛は薪ストーブの前に移動し、クッションを座布団代わりにして床に座る。身体の前面は暖まるが、背中が冷えるのに変わりはなかった。

メグがやって来た。愛に身体を押しつけるようにして床に伏せる。メグの体温が伝わってきた。マグカップを床に置き、メグに抱きつく。ストーブよりずっと温かかった。

「メグ、もしかして毎晩、湯たんぽ代わりをさせられてる？」

メグは愛の声に反応したのだ。寒さのために思わず口をついて出た言葉。川久保も毎晩似たような言葉を口にしているのに違いない。そのたびに、メグに温めてもらうのだ。そう。メグがいるのなら、この家で冬を越すことも可能なのかもしれない。

「相変わらず犬は怖いけど、メグは別だよ。わたしもメグなんだから、メグは犬じゃない」

携帯が鳴った。川久保からの電話だった。

「どう？　メグと仲良くやってる？」

「川久保さん、この家寒すぎる」

「薪、どんどん燃やしちゃっていいからさ。ついでに家も燃やしていいよ」

電話の向こうで酔っぱらいの声が響いていた。通夜の真っ最中なのだ。

「冗談じゃないの。今、川久保さんみたいにメグに温めてもらってるんだから」

「ほんと？　メグがメグちゃんにくっついてる？」

「うん。温めてくれてる」

「へえ。メグがそんなことを……」

「それからね、散歩の時、うるさく吠える犬とすれ違ったんだけど、メグがわたしを守ってくれた」

「ちゃんと褒めてあげた？」

「うん。そうしたら、メグ、笑ったよ」

「そうか。その調子なら、おれ、こっちに一週間ぐらいいても大丈夫だな」

「川久保さん——」

「冗談だよ、冗談。おれもメグ湯たんぽが恋しい。今度はメグとメグちゃんに温めてもらおう」

「酔ってるでしょう？」

「まだビール二、三杯。夜はこれから。メグちゃんはおれの匂いの染みついた布団にくるまってひとり欲情するのかあ」

「ばあか」

「ちょっとメグに代わって」

「え？」

「だから、携帯をメグの耳の近くに持っていって」

　愛は言われたとおりにした。

「メグ、聞こえるか。おれだよ」

　携帯から川久保の声が流れてきた。メグの耳が持ち上がった。口が開き、舌がこぼれ出る。

「いい子にしてるんだってな。さすが、おれの自慢のメグだ」

メグの息づかいが次第に荒くなっていく。川久保の声に興奮しているのだ。

こんなふうに素直に感情を表せたらいいのに——愛は思う。

「寂しい思いをさせてごめんな、メグ。用事が終わったらすぐに帰るから、それまでいい子で待ってるんだぞ」

メグが尻尾を振る。メグは笑っている。愛と同じだ。川久保の声を聞くだけで心が浮き立ってくる。もし尻尾があったら、愛も盛大に振っただろう。

「おれはメグが大好きだ。メグもおれが大好きだろう？　それからな、おれはメグちゃんも大好きだ。メグちゃんもおれのことが大好きかな？　メグはどう思う？」

胸が締めつけられた。胃の辺りが熱くなる。それが全身に広がって寒さが吹き飛んだ。

「メグちゃん、今の聞こえた？」

愛は首を振り、電話を切った。

「女の子に告白するのに、酔っぱらって、おまけに犬に話しかけるふりするなんて、メグの飼い主は最低ね」

愛はまたメグに抱きついた。身体の火照りは続いていた。

「もし、川久保さんとわたしがつきあうことになったら、メグ、嫉妬する？」

メグはまだ笑っていた。

「そうだよね。メグはそんなちっぽけな女じゃないもんね」

愛はメグの毛に顔を埋《うず》めた。メグが尻尾を振っている。風がうなじに当たる。それでもやはり、寒さは感じなくなっていた。

想像上の尻尾をメグに負けじと振ってみた。さらに気分が浮き立って、愛はくすくすと忍び笑いを漏らした。

ジャック・ラッセル・テリア

Jack Russell Terrier

1

代々木《よよぎ》公園のドッグランでは様々な犬たちが楽しそうに遊んでいた。中・大型犬用や小・中型犬用のエリアなどに分かれていて、犬と人が圧倒的に多いのは小・中型犬用のエリアだった。

藤本康介《ふじもとこうすけ》はランの外で初夏の陽射《ひざ》しを浴びていた。犬の飼い主たちのおしゃべりが風に乗ってくる。

「ねえ、サクラちゃんママ、知ってる？　ジョイ君いるでしょう」

「チワワのジョイ君？」

「そう。先週、インディっていう子に襲われたらしいわよ。何針も縫う大怪我《おおけが》させられたって」

「インディはだめよ。あの子、だれかれかまわず喧嘩《けんか》売って歩くんだから。わたし、インディが来たらランから出ちゃうもの」

苦笑した。

「せっかくのランなのに大迷惑よね」

四十代とおぼしき主婦たちは自分の犬そっちのけでおしゃべりに興じていた。康介は

なるほど。これでは美樹《みき》がドッグランでの待ち合わせを渋るわけだ。

康介はドッグランから離れた。サイクリングロードを歩き、原宿《はらじゅく》方面に向かってい

く。しばらくすると前方に犬を連れた親子が見えた。

美樹と亮《りょう》だ。連れているのは白い小型犬でリードがピンと張られていた。人間だろう

が犬だろうが、周りにいるすべてのものに牙を剝《む》き、唸《うな》っている。

リードを持っているのは美樹だった。いくら小型犬とはいえ、あの調子ではまだ七歳

になったばかりの亮には制御することも困難だろう。

亮が康介に気づいたようだった。康介は両手を挙げて振った。

しばらくぶりの再会だ。熱いものが胸にこみ上げてくる。だが、亮は俯《うつむ》いて、康介の

合図には応じてくれなかった。

康介は両手をおろした。亮は俯いたままで、美樹は顔をしかめながら犬を呼び戻そう

としている。犬は、相変わらずだれかれかまわず威嚇《いかく》しまくっていた。

＊　＊　＊

別れた妻の美樹から電話がかかってきたのはほとんど一年ぶりだった。康介はその電話を東御《とうみ》市の自宅で受けた。軽井沢から車で三十分ほど西に走ったところにある長野県の小さな町だ。

「犬を引き取ってほしいの」

美樹は開口一番そう言った。

「犬？」

美樹が犬を飼うというのは意外だった。

「去年の亮の誕生日にせがまれて飼ったのよ。だけど、きかん気で乱暴でわたしたちの手には負えなくなって」

「犬種は？」

「ジャック・ラッセル」

康介は溜息《ためいき》を押し殺した。ジャック・ラッセル・テリア。小さくて愛くるしい犬だ。だが、テリアの名が示すとおりの猟犬で、攻撃的な性格の個体が多い。なにも知らない人間はその容姿に騙《だま》され、後で酷《ひど》い目に遭う。

「どうして犬を飼う前におれに相談してくれないんだ」

「決まってるでしょう。あなたと話したくなかったからよ」

「でも、ジャック・ラッセルっていうのは――」

「わかってる。わたしもネットで調べたの。それで、嫌だけどあなたに頭を下げるしかないって決心したのよ」

「亮はなんて言ってるんだ？」

「インディをどこかにやるのは嫌だって言ってるわ。でも、亮もしょっちゅう嚙《か》まれて、生傷が絶えないの」

険しい口調の美樹には申し訳なかったが、康介は自分の顔に微笑が浮かぶのを感じた。

インディアナ・ジョーンズという名の考古学者が主人公の冒険活劇映画のＤＶＤを康介は持っていた。亮が二歳を少し過ぎた頃、たまたま家でそのＤＶＤを見ていたら、亮がその映画を気に入ってしまったのだ。ストーリーはわからないはずだから、画面の中の動きに惹《ひ》かれたのだろう。以来、ことあるごとにＤＶＤの再生をせがまれ、親子で一緒に映画を見た。

インディという名は亮があの映画から取って付けたに違いない。

「生き物を飼ったら最後まで責任を取る」

「それはわかってるけど――」

「亮を無責任な人間にするつもりか？　おれみたいな男に？」

美樹が息をのむ気配が伝わってきた。

「一度会って話し合おう。亮も交えて。おれが東京まで出るよ」

康介の言葉を、美樹は溜息と共に受け入れた。

＊　＊　＊

代々木公園近くのドッグカフェは犬連れの客でそれなりに混んでいた。他の犬に飛びかかろうとするインディを、康介はリードを使ってコントロールする。インディは唸り続けていたが、攻撃衝動はおさまったようだった。

「すげえ」

それを見ていた亮が感嘆の声をあげた。半袖のTシャツから伸びた腕にはあちこちに生傷があった。インディの牙がつけた傷だ。しかし、インディが本気で嚙んでいるわけではない。この小さくて喧嘩っ早い生き物は自分の牙が亮に対して有効であることを知っているのだ。

「リードはただ飼い主と犬を繫《つな》いでおくためだけのものじゃないんだ。犬をコントロールするためのものでもあるんだぞ」

康介はあいている席に腰を下ろした。リードをたぐり寄せ、インディを椅子の足もとに誘導する。

「お座り」

声をかけながらインディの腰を下に押した。インディは座った。縮れた毛で全身が覆われている。全身は白で、ところどころにグレーが入っていた。おとなしく座っている様子はまるでぬいぐるみのように可愛《かわい》らしかった。

「よし、いい子だ」

インディの頭を撫《な》でてやる。インディの尻尾《しっぽ》が激しく揺れた。

「パパにははじめて会ったのに、インディってば尻尾振ってるよ、ママ」

美樹と亮が向かいに座った。相変わらず、亮は康介に話しかけようとしない。普段、美樹になにを言われているのかは想像がついた。憎まれて当然なのだ。だから、離婚するときも亮の親権には執着しなかった。

「言ったでしょう。パパは犬とお友達になるのが得意なの」

「うん」

やっと亮の視線が康介に向けられた。記憶にあるより顔が大人び、背も伸びている。康介は眩《まぶ》しいものでも見るように目を細めた。

「亮はインディをどうしたいんだ」

溢《あふ》れてくる感情を抑えつけるように康介は訊《き》いた。

「ずっと一緒に暮らしたいよ、ママ」

また亮の視線が逸《そ》れた。

「話をしているのはパパだぞ、亮」

亮が康介を見た。瞬《まばた》きを繰り返している。

「インディと一緒に暮らしたいなら、亮がインディのボスにならなきゃだめだ」康介は言った。「インディは自分がママと亮のボスだと思ってる。だから、ママや亮の言うことを聞かないんだ」

「どうしたらいいの？」

亮が言った。この日はじめて、康介に向けて発せられた言葉だった。

「ボスになる訓練をするんだ。亮が一人前のボスになれたら、インディは亮の言うことをなんでも聞くようになる。他の犬に喧嘩を売ったりもしなくなる」

最後の言葉は半分嘘《うそ》だった。インディのように攻撃本能の強い個体はできるだけ他の犬と一緒にいさせない方がいい。だが、まっすぐ向かってくる亮の視線が真実を告げることをためらわせた。

「本当？　どうやったらボスになれるの？　どんな訓練をするの？」

「ママに許可をもらわないとな」

康介は美樹を見た。険しい顔つきで康介と亮の会話に耳を傾けていた美樹が、目を大きく見開いた。

「どういう意味よ？」

「二週間……いや、十日でいい。夏休みの間、亮とインディをおれに預けてくれ」

美樹から相談の電話を受けて以来、ずっとあたためていた考えだった。

「預けるって、長野に？」

康介はうなずいた。リードが引っ張られた。集中力を使い果たしたインディが、また他の犬に興味を示している。リードを強く引く。首に伝わった強い力にインディは動きを止めた。

「こっちへおいで、インディ。もう少し静かにしてるんだ」

亮の目が康介とインディの間を行ったり来たりする。

「インディは今日からおれが預かるよ」康介は言った。「今よりいい子にすることはできる。でも、それはおれに対していい子になるだけだ。君と亮に対する態度は変わらないだろう。亮に言ったのは嘘じゃない。インディとこれからも暮らすなら、彼のボスになってやらなきゃならないんだ。それが犬を飼う人間の義務であり、責任なんだ。亮をおれに預けるのがどうしても嫌だというなら仕方がない。このままインディを引き取って、君たちの前には二度と現れない」

「そんなのだめだよ。ママ、インディはぼくたちの家族でしょう？　ママがそう言ったんだ。家族はいつも一緒にいないとだめなんでしょう？」

亮の言葉は康介の胸に突き刺さった。

「わかったわ」溜息と共に美樹が言葉を吐き出した。「ちょうど、友達と海外旅行に行く話があるの。亮を実家に預けようと思っていたから、代わりにあなたが面倒を見てあげて」

康介は足もとに手を伸ばし、インディの頭を優しく撫でた。インディがいなければ、美樹が康介の申し出を受け入れることはなかっただろう。

もう会うこともないだろうと思っていた息子と過ごす夏休みは、康介にとって望外のプレゼントだった。

2

佐久平《さくだいら》駅のホームに降り立った亮は不安そうだった。落ち着きのない視線をあちこちに走らせている。康介に気づくと肩から力が抜けていくのがわかった。荷物はスーツケースと背中に背負っているザック。スーツケースは子供が運ぶにはかなり大きかった。

「新幹線にひとりで乗ったのははじめてか？」

亮の緊張を解こうと、康介は快活に話しかけた。

「うん。インディは？」

亮の声には元気がなかった。

「車の中で亮を待ってるよ。行こう。早く会いたいだろう」

「うん」

今度の返事は力強かった。康介はスーツケースを受け取り、エスカレーターへ向かった。

「インディはどう？　パパのことも嚙んだ？」

「いいや」

康介は左腕を亮に突き出した。傷などどこにもない。

「インディをケージに入れてるの？」

「いいや。家の中で好きにさせてる」

「じゃあ、どうして嚙まれないの？」

「インディはパパのことをボスだと思ってるんだ。犬はボスのことは決して嚙まない」

亮が俯いた。康介も口を閉じた。

「インディはぼくのことどう思ってるんだろう？」

エスカレーターを降りたとき、亮がぽつりと言った。独り言のような声だった。

「自分の子分だと思ってるのさ。だから嚙むんだ。亮のことも、ママのことも」

康介ははっきりと告げた。亮の両肩が落ちた。

「そうがっかりすることはない。亮が頑張れば、子分からボスに昇格することもできるんだから」

「本当？」

「本当だよ」

駅舎を出て駐車場に向かった。車に近づくと、康介に気づいたインディが勢いよく吠《ほ》えはじめた。

「インディ」

亮が車に駆け寄っていく。その行為がインディの興奮に油を注いだ。低かった吠え声がけたたましいそれに変わる。

「インディ、ノー」

康介は強い口調で叫んだ。インディが吠えるのをぴたりとやめた。亮が足を止め、振り返る。

「インディが吠えないよ」

「言っただろう。パパはインディのボスだ。ボスがやめろと言ったから、インディは吠えるのをやめたんだ」

亮は康介と車の中のインディを交互に見つめた。その真剣な眼差《まなざ》しは手品の種を見つけようとしているかのようだった。

＊＊＊

インディは康介の家に来た途端、アンドレに喧嘩を売った。

アンドレは康介の犬だ。ゴールデン・リトリーバーと和犬のミックスで、心ない人間に捨てられた。康介は彼をレスキューし、アンドレと名付けたのだ。

アンドレは大きな犬だった。体重は三十キロを優に超える。そんなアンドレに、体重五キロそこそこのインディが果敢に挑戦した。

勝敗はあっという間に決まった。アンドレに首根っこを嚙まれ、持ち上げられたインディが悲痛な吠え声をあげたのだ。

ドッグランで自分と似たような体格の犬としか接してこなかったインディには初めての体験、初めての敗戦だっただろう。

それ以来、インディはアンドレに一目置くようになり、アンドレのボスである康介の言うこともよく聞くようになった。

康介の住まいは東御市の市街にあり、仕事場は郊外の高台にあった。年老いた農家からリンゴ畑を借り受け、リンゴを栽培しているのだ。東御市には農業に従事する移住者を支援する制度があり、住宅を格安で借りることができる。リンゴ農家になって二年。生活はかつかつだが、安い家賃と畑の賃料のおかげでなんとか食べていくことはできた。

アンドレとインディは、昼間は康介が果樹園の一角に作ったドッグランで一緒に過ごす。やんちゃ盛りのインディはアンドレを遊びに誘うべく、しきりにちょっかいを出し、牙の使い方を間違えてはアンドレにお仕置きを受ける。そうすることでインディは犬の社会に適応する術《すべ》を覚えていく。

おそらく、美樹はインディをペットショップで買ったのだろう。生まれてすぐ母犬や兄弟たちと引き離された犬の社会適応力は著しく低い。しかも、美樹と亮はインディの容姿に惹かれて飼うことを決めた。インディは犬と暮らすことにはまったくの素人で、なおかつ、ジャック・ラッセルという犬種がどんな犬かを知らない人間に飼われることになったのだ。インディがだれかれかまわず喧嘩を売って歩くのも、家族である美樹や亮に牙を当ててしまうのも当然のことだった。

犬にだって教育は必要だ。それを知らない人間に飼われた犬は往々にして不幸に見舞われる。

ジャック・ラッセルは難しい犬だ。手に負えなくなった飼い主に捨てられることも多い。

亮にはなんとしてでもインディのボスになってもらいたかった。

＊＊＊

触ろうと手を伸ばす亮にインディは牙を見せた。

「インディ、ぼくだよ。もう忘れちゃったの？」

「インディは亮のことをちゃんと覚えているよ」車を発進させながら康介は言った。

「子分がボスに勝手に触るなって怒ってるんだ」

「ぼく、本当にインディのボスになれる？」

「なれる。パパが保証するよ」

亮はあけすけな不審の色を目に浮かべながら、それでも渋々うなずいた。

佐久市から小諸市に抜け、さらに西へ向かうと東御市に入る。平成の大合併でできた市だが、夏は過ごしやすく、冬も軽井沢ほど寒くはない。

康介は自宅の前に車を停《と》めた。

「ちょっと待ってて」

亮のスーツケースを家に運び入れ、アンドレを呼ぶ。アンドレは勢いよく家の外に飛び出した。普段、アンドレにリードを付けることはない。どこへ散歩に行こうとアンドレは康介のそばを片時も離れないからだ。

「インディ、ステイ」

車内のインディに指示《コマンド》をかけ、ドアを開けた。アンドレが車に飛び乗った。

「わあ、すげえ」

亮が感嘆の声をあげた。

「アンドレだ。亮とインディの兄貴分だからな」

アンドレが後部座席から身体《からだ》を伸ばし、亮の匂いを嗅ぎはじめた。亮の身体が強張《こわば》っている。

「アンドレは絶対に人を嚙まない。だから、安心して大丈夫だ」

アンドレのそばで、インディが必死に康介のコマンドに従っていた。アンドレの興奮が伝わっている。集中力が途切れるのは時間の問題だった。

「インディ、ＯＫ」

康介が声をかけると、インディは狭い車内で飛び上がった。

＊＊＊

果樹園に着くと、インディに付けたリードを亮に持たせた。パラシュートを作る素材でできた丈夫なリードだ。

「インディと散歩しておいで。リードはしっかり握っておくんだぞ」

「う、うん」亮は自信なさげにうなずいた。「でも、散歩って言っても……」

「普段しているとおりにすればいいんだ。パパに、亮とインディの普段の様子を見せてくれ」

「わかったよ。インディ、おいで」

亮は果樹園の奥に向かって歩きだした。だが、インディは動かない。地面の匂いを嗅ぐことに夢中になっている。康介と散歩に行くときには決してこんなことはしない。亮はインディになめられているのだ。

「インディ、おいでってば」

亮は両手でリードを握りしめ、引っ張った。しかしインディは動かない。ジャック・ラッセルは全身筋肉の塊なのだ。

「アンドレ」

康介は声に出さずに言った。人間には聞こえない音も、犬はちゃんと聞き分けることができる。アンドレがインディに向かって一声吠えた。

途端にインディは匂いを嗅ぐのをやめた。康介とアンドレに顔を向ける。

康介は亮にうなずいた。亮が歩きだし、リードが伸びた。インディはリードに引きずられるように亮の後を追った。だがそれも数秒の間だけだった。亮を気にする素振りも見せず、インディは気ままに動き回る。そのたびにリードが張り、亮がよろめくのだ。

「インディ、こっちだってば」

亮がむきになってリードを引くと、インディは牙を剝いて怒りを露《あら》わにする。そして亮が怯《ひる》み、インディはまた気ままに歩きはじめるのだ。

「アンドレ、行くぞ」

康介はアンドレに声をかけた。車からアンドレ用のリードを持ち出し、亮とインディのところに向かった。アンドレに付けたリードを亮に握らせる。

「アンドレも一緒に散歩だ」

「無理だよ、パパ。インディだけでも大変なのに——」

「いいから、試してごらん。アンドレのリードは短く持って、インディのは長めに」

亮は露骨に顔をしかめたが、それでもおそるおそる歩きはじめた。亮の左斜め後ろをアンドレが歩き、さらにその後からインディが歩く。インディはもう好き勝手に動こうとはしなかった。

「パパ、見て」

「凄《すご》いぞ、亮。もっと歩いてごらん」

亮は満面の笑みを浮かべて大股で歩いた。

インディはアンドレに従っているにすぎない。こうしたやり方はある意味反則だが、亮に自信を持たせるのが先決だった。

なにより、二頭の犬を引き連れて楽しげに歩く亮を見ていると、幸せな気分になる。

康介は微笑《ほほえ》みながら亮たちの散歩を見守った。

3

アンドレとインディが横に並んで眠っていた。亮はソファの上から二頭の様子を飽きることなく眺めている。亮のザックの中には携帯用のゲーム機が入っていたが、亮は見向きもしなかった。

「パパ――」

亮が囁《ささや》くような声で言った。康介は野菜を刻む手をとめた。今夜の献立は具だくさんの味噌汁《みそしる》に豚肉の生姜《しょうが》焼きだ。自炊するようになってかなりになるが、包丁さばきは一向に上達しない。

「インディ、ぼくの家にいるより幸せそうだよ」

「そりゃそうだ」

康介はうなずいた。亮の顔が曇る。

「インディはぼくよりパパの方が好きなのかな」

「犬は、ボスと一緒にいると安心するし、幸せなんだ」康介は言いながら、刻んでいた野菜を鍋の中に入れた。「自分がボスだと仲間を守るために常に注意していなけりゃならない。安心なんてできないだろう。でも、ボスがいるなら、なにかあってもボスが守ってくれる。だから安心して、幸せそうに眠れるのさ」

「じゃあ、ぼくがインディのボスになったら、インディはぼくの家でもこんなふうに寝るの？」

「そうだ。亮にとってのボスはママだろう？　夜中に怖い夢を見ても、ママがいてくれれば安心してまた眠れるだろう？」

「そうだね……じゃあ、パパのボスはだれなの？」

亮が首をかしげた。その仕種《しぐさ》は美樹にそっくりだった。

「パパのボスはパパだ」

「じゃあ、パパはいつも安心して眠れないんだね」

亮の言葉が胸に突き刺さった。なにもかもを失って東御に来てから二年。確かに、心安らかに眠ったことはなかったかもしれない。

「大丈夫」康介は微笑んでみせた。「犬にはボスが必要だし、人間の子供にもボスがいる。でも、大人になったらボスはいらなくなるんだ」

「そうなの？」

「そうなんだよ。さ、犬たちにご飯をあげよう」

ご飯という言葉に反応して、熟睡していたはずの犬たちがさっと起き上がった。

アンドレの健康のためというより、食費を浮かせるため、常にドッグフードではなく野菜と肉を煮たスープを与えている。そのスープもいい具合に冷めていた。

「いいか、亮。インディに強い口調でステイって命令するんだ。亮がＯＫって言うまで食べさせちゃだめだ。できるか？」

「わかんないけど、やってみる」

「じゃあ、パパが手本を見せるからな——アンドレ、カム」

コマンドを言い終える前に、アンドレは康介の前にやって来た。テーブル代わりに使っている木箱の前で腰を下ろす。口の中には涎《よだれ》が溢れていた。

「ステイ」

声をかけながらスープの入った器を木箱の上に置いた。アンドレの涎が床に落ちる。

「OK」

康介が言うと、アンドレは腰を上げ、器に口を突っ込んだ。凄《すさ》まじい勢いで食べはじめる。インディが自分にもよこせと康介の脚にまとわりついていた。

「やってごらん。インディはテーブルなしだ」

インディの器を亮に渡した。インディがその器に向かってジャンプする。とんでもない跳躍力だった。身体をまっすぐにして跳ぶその姿はまるでロケットだ。

「インディ、ステイ」

亮が言った。声には自信がない。案の定、インディは何度もジャンプしながら唸った。

「怖がっちゃだめだ」

康介の声は亮の耳には届かないようだった。亮はインディの攻撃から身を守ろうと腕を動かし、その拍子に器の中身がぶちまけられた。インディが床に飛び散ったスープを舐《な》めはじめた。

「インディ」

康介は怒鳴った。インディは夢中になってスープを舐めている。康介はインディの身体を持ち上げた。インディが牙を見せる。康介は口吻《マズル》を手で摑《つか》み、鼻先に嚙みついた。インディがか細い悲鳴をあげた。

「パパ、やめて。悪いのはぼくだから――」

康介は亮を睨みつけた。

「床を掃除しておくんだ」

そう言い捨て、インディを持ち上げたまま隣室に移動した。ドア越しに亮の啜《すす》り泣きが聞こえてくる。

「ちゃんと床を綺麗《きれい》にするんだぞ」

大声で言って、インディを床におろした。インディはしょぼくれている。自分がドジを踏んだことがわかっているのだ。

康介はインディを撫でた。

「おまえが悪いわけじゃない。子分に犬のルールを教えてやっただけだもんな」

小声で囁く。インディの尻尾がかすかに揺れた。

「でも、これは亮とおまえのためなんだ。我慢してくれ」

康介は自分が嚙んだインディの鼻をそっとさすった。インディと同じような目に遭っているジャック・ラッセルはどれほどいるのだろう。ペットショップで見かけ、小さくて可愛いからと、それがどんな犬種なのかも知らずに飼い、後になって持てあます飼い主たち。

犬を飼うのにも免許制を導入すればいいのだ――康介は本気でそう思う。

＊＊＊

夕食は気まずいものになった。亮は終始うつむき加減で、康介もあえて口を開かなかった。息子との久々の夕餉《ゆうげ》だ。大いに期待していた分、失望も大きかった。慰めるつもりなのか、アンドレが亮の足もとで寝そべっていた。

「パパ、インディは？」

インディは隣の部屋だ。インディではなく、亮への罰のつもりだった。

「お風呂《ふろ》に入っておいで」

亮の質問には答えず、康介は食器を片付けはじめた。

「ぼく、次はちゃんとやるから……だって、インディ、ご飯食べてないんでしょう？それなのに閉じ込められて、可哀想《かわいそう》だよ」

「インディが怖いか？」

康介は訊いた。亮はうなずきかけたが、途中で思いとどまり首を振った。

「亮がインディを怖いと思うかぎり、亮はインディと一緒に暮らせないぞ」

「怖くないよ。ちょっとびっくりしただけなんだから」

「これを見てごらん」

康介は左の掌を亮に見せた。小指の付け根に深い傷跡がある。

「パパが亮ぐらいの年の時、犬に嚙まれたんだ。犬が本気で嚙んだらこんなふうになる。もう少しでパパの小指は千切れちゃうところだった」

亮は傷跡を凝視していた。

「見たところ、亮の腕にある傷はみんなかすり傷だ。痛いかもしれないけど、大怪我じゃない。インディは亮に怪我をさせないようにしてるんだ」

亮は自分の腕に視線を移した。

「それぐらいの怪我、へいっちゃらだ」

康介は言った。亮が生唾を飲みこんだ。

「インディはちっちゃいんだ。亮の方が何倍も大きい。そうだろう？」

「パパ、もう一回インディにご飯をあげてみてもいい？」

亮が顔を上げた。目に力がこもっていた。

康介はうなずき、インディの器にスープを盛った。

＊＊＊

一緒に風呂に入ろうかと誘うと、亮は素直に従った。狭いバスタブにふたりで浸かり、インディの話をした。

二度目の給餌《きゆうじ》でインディは強い自制心を見せた。ジャンプすることも、牙を剝くこともなく亮のコマンドに従ったのだ。

食事を終えた後は亮を馬鹿にした態度を見せたが、これは大きな前進だった。こうした小さなことを積み重ね、いずれ、近くに康介やアンドレがいなくても亮のコマンドに従えるようになればいい。

「どうして犬に嚙まれたの？」

背中を洗ってやっていると、亮が訊いてきた。

「パパのパパ、亮のおじいちゃんは犬を飼うのが大好きだったんだ」

本当は、チャンピオン犬を育て上げることに熱中していただけだった。父が普遍的な意味で犬を愛していたとは思えない。すべては自分のちっぽけな自尊心を満たすためだったのだ。

父が代々飼っていたのはイングリッシュ・スプリンガー・スパニエルだった。この犬種の中には突発性激怒症候群と呼ばれる脳の異常による行動を起こす個体がいる。興奮すると自制がまったく利かなくなるのだ。康介の指を噛んだメイプルもそうだった。

「朝から晩まで犬の世話。パパ、かまってもらえないから悔しくなって、おじいちゃんの犬を苛《いじ》めてやろうと思った。その頃のパパは犬のことを全然知らなかったんだ。犬が食べてるご飯を取り上げようとして噛まれちゃったんだよ」

父はメイプルを叱る代わりに康介を叱った。子供心に激しく傷ついたのを覚えている。

「痛かった？」

「救急車で病院に運ばれながら、このまま死んじゃうんじゃないかと思った。それぐらい痛かったんだ。でも、痛かったのはパパだけじゃない。パパを噛んだ犬も、自分がしちゃったことにびっくりして傷ついてたんだ。だから、パパは自分が怪我をしないように、それから犬のことを傷つけたりしないようにって、犬のことを勉強したんだよ」

父は康介が十二歳の時、脳溢血《のういっけつ》で斃《たお》れ、そのまま帰らぬ人となった。生活のため母は働きに出、犬の面倒は康介が見ることになった。その時に学んだことが今に繋がっている。

「ママと亮はペットショップでインディを見つけた。そうだな？」

亮がうなずいた。

「小さくて可愛くて、ジャック・ラッセル・テリアっていう犬がどんな犬かも知らずに、知ろうともせずに飼った」

「もう二度としないよ」亮は声を張り上げた。「次に犬を飼うときはちゃんと調べてから飼うんだ」

「インディはパパのところに預けて?」

「違う。そんなことしないよ。インディはぼくの家族なんだから」

亮は笑っていた。インディにちゃんと餌をやるまでは見せたことのないような朗らかな笑みだった。

4

亮とインディは毎日果樹園の中を散歩する。

初めのうちはなんとか我を通そうと奮闘していたインディだが、最近ではリードを引っ張ることもなく亮に付き従って歩いている。亮に唸ったり牙を剝いたりする回数も劇的に減っていた。

康介は作業の手を休め、額に浮いた汗をふいた。魔法瓶に入れた冷たい麦茶を飲みながらひとりと一頭の散歩を眺めた。七歳の少年と小さなジャック・ラッセルがリンゴの木の下を歩く姿はまるで絵本の一ページのようだった。

アンドレはひときわ大きなリンゴの木の陰でうたた寝をしている。

時刻は午後六時を回っていた。夕方になってさわやかな風が吹くようになっている。日中の気温は三十度を超えるが、熱帯夜になることは滅多にない。日が暮れるのと同時に過ごしやすい気温に落ち着くのだ。

そろそろ帰り支度をはじめる時間だった。今日の晩餐《ばんさん》は亮のリクエストで冷やし中華を作ることになっている。錦糸《きんし》玉子を作るのに時間がかかるだろう。

亮に声をかけようとしたとき、どこかで携帯の呼び出し音が鳴った。亮が立ち止まり、ズボンのポケットから携帯を引っ張り出した。

「もしもし？　ママ？」

美樹からの電話のようだった。今頃はイタリアにいるはずだが、亮の様子が気になって電話をかけてきたのだろう。

康介はひとりで仕事道具の後片付けをはじめた。

「うん、ぼくもインディも元気だよ。聞いてよ、ママ。インディ、少しずつだけどぼくの言うこと聞くようになってるんだよ。それから、パパがアンドレっていう犬を飼ってて、インディはアンドレと遊ぶんだけど、ドッグランみたいに他の子に怪我させるようなことしないんだ――」

亮は息継ぎを忘れたように喋《しゃべ》っている。その足もとでインディがきちんと座っていた。

「全然だいじょうぶ。宿題だってパパに言われてちゃんとやってるし、ご飯はママの方が美味《おい》しいけどちゃんと食べれるし——」

　康介は苦笑した。

「とにかく、インディはぼくの言うこと時々聞かなくなるけど、パパとアンドレの言うことはちゃんと聞くんだよ。パパとアンドレは凄いんだ」

　康介はひとつにまとめた仕事道具を車の荷室に放り込んだ。手も剥き出しの腕も日に焼け、泥にまみれている。東京で暮らしていたころは考えられなかった汚れ方だった。

「パパ、ママが電話代わってって」

　亮がインディを連れて駆けてきた。康介は携帯を受け取った。

「旅行を楽しんでるかい」

「ぼちぼちね。それより、男同士で楽しそうね」

「最初の日はぎくしゃくしてたけど、かなり打ち解けてきたよ」

「こんなこと言うために電話したわけじゃないんだけど、気を悪くしないで聞いてくれる」

　康介は口を閉じて美樹の次の言葉を待った。

「変な期待はしないでね。わたし、あなたのことゆるしたわけじゃないし、今後もゆるせるとは思えない。今回のことは緊急避難なのよ。わたしもインディには手を焼いてたけど、捨てたりするのは忍びなくて——」

「わかってるよ」

「亮があなたに懐けば懐くほど、わたしはあなたがなおさら憎くなるわ。亮があなたと過ごすのはこれが最初で最後。わかってるわよね。親権を放棄したのはあなたなんだから」

「わかってるって。それじゃ、切るよ」

美樹の返事を待たず、康介は電話を切った。

「ママ、なんて言ってたの？」

「早く亮に会いたいってさ」

「ぼくはまだいいや」

亮は悪戯《いたずら》小僧のような笑みを浮かべた。

「さあ、そろそろ帰る時間だ。あの木の下にあるゴミ袋を持ってきてくれないか」

亮に携帯を返しながら康介は言った。亮は元気に返事をした。リードを短く持ってインディと一緒に走る。インディはしっかりと亮を見上げながら走っていた。

インディは亮を信頼しつつある。日を追うごとに絆《きずな》が深まっている。

ゴミ袋を手に振り返った亮が手を目の上にかざした。陽が傾き、オレンジ色の西日が果樹園を染め上げようとしていた。康介は西の方角に目を向けた。眼下には東御と上田《うえだ》の町並みが広がり、その向こうに北アルプスの山々がそびえている。南に目を転じれば八ヶ岳《やつがたけ》連峰、東では浅間山が夕日を浴びていた。空に浮かんだ雲がオレンジ色の中を流れている。町中に点在する田んぼで稲穂が黄金色に輝いていた。

「綺麗だね」

いつの間にか亮が横に立っていた。インディはもちろん、アンドレもそばに来ている。康介はデジカメを置いてきたことを悔やんだ。

亮との思い出を残しておかなければ。

亮の肩に腕を回し、引き寄せた。

「パパ？」

「綺麗だろう、亮。東京じゃ絶対に見られない夕焼けだからな。ちゃんと覚えておけ」

「大丈夫だよ、ぼく、また来るから。冬休みにも来年の夏休みにもインディとここに来て、アンドレと遊んで、パパのお仕事手伝うんだ」

「ありがとう、亮」

康介は呟《つぶや》くような声で言った。

＊＊＊

夜空には雲ひとつなかった。真冬のようなわけにはいかないが、それでも星が美しい。康介は二階のベランダで缶ビールのプルタブを引いた。

時刻は午前零時。亮はとっくに夢の中だ。

缶を傾ける。ビールは冷たかったが、いつもより苦かった。明日からはしばらく天気がぐずつくらしい。あの夕方の光に包まれた果樹園で、自分と亮の写真を撮りたかったが、それがかなうかどうかも怪しくなっていた。

デッキチェアに腰を下ろしながら、自分の部屋から持ってきた古い雑誌を開いた。昔、自分が編集した犬の雑誌だった。

康介はかつて東京の大手出版社に勤めていた。犬ブームの高まりを受けて犬専門雑誌の立ち上げを企画し、軌道に乗せた。部数はうなぎ登りに跳ねあがり、それに比例して社内での康介の評価もあがっていった。

美樹に妊娠を告げられたのはそんな時だった。

お互いに子供はいらないということを確認して結婚した。しかし、いつの頃からか美樹は考えを変えていた。

やっぱり子供が欲しい。おれはいらない。何度か繰り返された口論の末、美樹も諦めたものだと思い込んでいた。

妊娠を告げられたときに頭に浮かんだのは、騙されたという思いだった。安全な日だからと避妊具をつけずにことに及んだ。あの夜、受精したのだ。それ以外に思い当たるふしがなかった。

堕胎してくれという康介の願いを、美樹はかたくなに拒絶した。手をこまねいているうちに堕胎可能な期間が過ぎ、美樹の腹は膨れていった。

康介はたびたび外泊するようになった。用もないのに残業し、する仕事がなくなれば飲みに出かけ、行きつけの飲み屋で隣り合わせた女とできた。家で寝るのは週末だけ。平日は会社に泊まるかその女の部屋で朝を迎えた。

父親になることが怖かったのだ。康介の父親は家族に無頓着な男だった。大切なのは犬――いや、自分の犬をチャンピオンにすることだけ。だから、成長の途中でなんらかの欠陥があると判明した犬は平気で捨てたり殺したりした。康介はそんな父親が嫌いだったが、自分にその血が流れていることも自覚していた。

父への意地で犬に対して責任は取ってきた。だが、相手が人間となると話は別だ。だれに対しても責任を持ちたくはない。

康介の気持ちを察していたのかいないのか、家に戻らない夫に対して美樹は愚痴ひとつこぼさなかった。おそらく、子供が生まれればすべては変わるのだと信じていたのだろう。

だが、康介は変わらなかった。出産予定日にも仕事を入れたし、その日は携帯の電源を切って過ごした。

これには美樹だけではなく、美樹の両親、そして康介の母も激怒した。父になる男が赤ん坊の出産時に雲隠れしたのだ。

家族会議がもたれ、子供のために離婚はしない。しかし、美樹は実家で子供を育てるという結論が出された。

この時点でも、美樹は康介になにがしかの期待を抱いていたのだと思う。だが、康介はその期待に応《こた》えることができなかった。子育てどころか、亮を抱くことさえ拒否し、仕事と酒、女に溺れ続けた。

なにがそんなに怖かったのだろう——今になればそう思う。まるで笑い話だ。

言葉を発するようになった頃には、亮を可愛いと思えるようになってきた。だが、美樹との関係は修復不可能なまでに崩壊していた。当然だ。康介は夫として、父としての責任を完全に放棄して遊び呆《ほう》けていたのだから。

亮の三歳の誕生日の直前、離婚を決めた。親権は放棄し、亮が大学を卒業するまでの養育費を払うことにした。すべては自分が悪いのだ。

康介は会社を辞め、その退職金で事業を興した。犬用の雑貨をヨーロッパから輸入し販売する会社だ。最初のうちは業績もよかった。しかし、落とし穴が足もとで口を開けていた。経理を任せていた男が売り上げを持ち逃げしたのだ。

金は戻って来なかった。そればかりか、債務が増えて業績は傾いていった。丸一年、なんとかしようと孤軍奮闘を続けたが結局は悪あがきにすぎなかった。会社をたたみ、逃げるように東京を出た。養育費など払えるはずもなかった。電話の向こうで怒りに声を震わせる美樹に、康介はただ謝ることしかできなかった。

東御に来ることにしたのは、なんとなく眺めていたインターネットで東御市に農業に従事する移住者を支援する制度があることを知ったからだ。犬の雑誌の企画で軽井沢は何度も訪れていたから、東御市のことも記憶にあった。都会の負け犬は美しい自然のもとで百姓からやり直すのがいいと思ったのだ。

昼間はよかった。慣れないリンゴ農家の仕事に没頭していれば時間は勝手に過ぎていく。持てあますのは夜の時間だ。田舎の夜はどこまでも静かで時が止まったように感じる。本を読んでも酒を飲んでも時間は一向に進まず、孤独感が募るだけだった。

アンドレをもらい受け、一緒に生活するようになってその孤独感も薄らいだが、時折、脳裏を美樹と亮がよぎっていくのを止めることはできなかった。

そのたびに自業自得だと自嘲し、落ち込んでいくのだ。

＊＊＊

カーテンが揺れていた。インディが外に出たいと窓ガラスを引っ掻《か》いている。康介はドアを開けてやった。ベランダに出てきたインディは、足もとに座って康介の顔を見上げた。あどけない顔につぶらな瞳。抱きしめて頬ずりしたくなる。

「おれのことを心配してくれたのか？」

康介はインディを抱きあげた。

「おれなんかいいから、亮のそばにいてやれよ。知ってるか、インディ？　亮はおまえが大好きなんだぞ」

インディの尻尾が揺れた。

「頼みがあるんだ、インディ。聞いてくれるか？」

康介はインディに顔を近づけた。インディが康介の鼻を舐めた。

「亮を頼む。おれは守ってやれないから、おまえが代わりに亮を守ってくれ」

インディの尻尾は揺れ続けていた。康介はインディを胸にかかえ、そっと抱きしめた。

「頼んだぞ、インディ。おまえはジャック・ラッセルだ。小さな身体にライオンみたいな勇敢さを詰め込んだ犬だ。亮を守れるだろう？」

インディの身体は温かかった。アンドレに負けないぐらい力強かった。

5

西の空で雲が割れはじめていた。北の空を我が物顔で占領していた積乱雲が消えつつある。康介はカメラを取りだし、車のボンネットに置いた。このために知り合いから借りてきたデジタル一眼レフだ。あらかじめ撮影場所にと決めていたところにレンズを向け、細かい設定を施した。雑誌を作っていた頃にカメラのことは一通り学んでいた。

雲の割れ目から柔らかい、オレンジ色を帯びた光が射し込んでくる。

「亮、こっちにおいで。アンドレ、カム」

亮とインディがこっちに向かってくる。今ではインディはリードがなくても亮の後にちゃんとついて歩くようになっていた。木陰で惰眠《だみん》を貪《むさぼ》っていたアンドレもやって来た。

「記念写真を撮ろう。ここに並んで」

果樹園で一番枝振りが立派なリンゴの木の下にみんなを並ばせた。夕日が斜めから当たり、優しい空気が辺りを包み込んでいる。

カメラのピントを合わせ、タイマーに設定してシャッターボタンを軽く押す。康介は亮たちのところへ走った。亮はインディを抱き上げ、右手でピースサインを作っている。康介はその小さな肩に腕を回した。

カシャ

シャッター音が響いた。康介は車に戻り、カメラのモニタで撮れたばかりの画像を確認した。

「パパ、もう一枚撮る?」

「いいや」

康介はモニタに見入ったまま答えた。素人が撮ったにしては充分すぎるぐらい素敵な写真が撮れていた。

優しい光の中で微笑む康介と亮、アンドレ、インディ。これが康介の家族だ。家族の肖像だ。

データは家のパソコンのハードディスクに保存しよう。データのコピーを知り合いのカメラマンにメールしよう。最高のプロラボで最高のプリントを仕上げてもらうのだ。データとプリントは康介の宝物だ。

「パパ、泣いてるの？」

いつの間にか、亮が傍らに来て康介を見上げていた。

「いいや」

康介は言った。自分が壊れたレコードプレイヤーになってしまったような気がした。もっと気の利いたことを言いたいのだが、言葉が出てこない。

喋る代わりに、康介は身を屈《かが》め、亮を抱きしめた。明日になれば、亮とインディを東京まで送らなければならない。これが親子で過ごす最後の日なのだ。

「パパ？」

「インディのボスになれるか？」

亮を抱きしめたまま康介は訊いた。

「なれるよ。絶対になる」

力強い答えが返ってきた。

「約束だぞ」

「うん」

「パパは亮が大好きだ」

「ぼくもパパが好きだよ」

涙が溢れてきた。康介は亮の肩に顔を埋《うず》め、声を殺して泣いた。

6

アンドレの遺骨が入った壺《つぼ》を前にして、康介は缶ビールを飲んだ。壺はまだ温かい。火葬場から戻ったばかりだった。

壁に飾ってある額入りの写真を外し、じっくりと眺めた。この写真を撮ってから二年の月日が流れていた。冬休みも次の夏休みにも来ると言っていた亮がこの家に足を踏み入れることはなかった。

美樹がゆるしてくれるはずもない。

いつになく雪が積もった冬の終わりに、アンドレが不調を訴えた。左後ろ脚を引きずって歩くようになったのだ。骨肉腫だった。精密検査をしてもらったところ、肺にも転移していることがわかった。

アンドレは春の間に急速に衰えていき、真夏がやって来る前に逝った。アンドレは夏が嫌いだった。

「どうしてくれるんだよ、アンドレ。おれはまたひとりだ」

昨晩はアンドレの遺体を前に泣き通した。もう、涸《か》れてしまったのか一粒の涙も出てこない。

写真の中に切り取られた一瞬が目の前にある。康介は微笑み、亮は破顔している。インディは舌を出して亮を見上げ、アンドレも康介と同じような穏やかな微笑みを浮かべている。

「人生、最良の時だな」

康介は缶ビールを飲み干した。外気温は三十度近くに達しているというのに、アンドレがいない家はなんだか寒々しい。

「おまえの後釜《あとがま》に、ジャック・ラッセルを飼おうか」

写真の中のアンドレに語りかけた。

そうだ。ジャック・ラッセルを飼おう。飼い主が持てあまし、捨てたジャック・ラッセルをレスキューするのだ。すぐに見つかるだろう。二頭がいい。あの小さな犬が一頭だけじゃ、アンドレの代わりは務まらない。二頭で家の中を賑《にぎ》やかにしてもらおう。いつか、亮がインディを連れてやってくるかもしれない。そうしたら、その二頭と亮たちで思いきり遊び回るのだ。

「おまえもインディが好きだっただろう、アンドレ？」

もう一度写真に語りかけ、康介は額を壁に戻した。携帯のアドレス帳から知り合いの電話番号を呼び出した。

捨て犬のレスキューをするボランティアをしている知り合いだ。電話はすぐに繋がった。

「もしもし。おれだけど、頼みがあるんだ。レスキューを待っているジャック・ラッセルがいたら、知らせて欲しいんだけど……」

喋りながら、康介は目頭を押さえた。涸れていたはずの涙が溢れてきそうだった。

バーニーズ・マウンテン・ドッグ

Bernese Mountain Dog

三歳までは幼犬、六歳までは良犬、九歳までは老犬、十歳からは神様の贈り物。

生まれ故郷のスイスの言葉だ。バーニーズ・マウンテン・ドッグの短命さをよく表している。

カータを家族に迎え入れた時、犬舎の人から聞かされた。短命な犬種なので、できるだけ一緒にいてやってください、と。

わかっていた。いや、わかっていたつもりだった。だが、その実、どこかで他人事《ひとごと》だったのだ。漠然と、ずっと一緒にいるものだと思っていた。神様の贈り物になってくれるものだと信じて疑わなかった。いつでもどこでも、わたしの傍らにはカータがいるものだと思い込んでいた。

1

カータの胸に、小指の先ほどのしこりを見つけたのは長かった夏がようやく終わりを告げようとしている頃だった。日課であるブラッシングをしている時に気づいたのだ。最初はにきびのようなものかと考えて気にも留めていなかった。だが、それを鈴子《すずこ》に告げた途端、彼女の顔色が変わった。

「なに暢気《のんき》なこと言ってるのよ。カータは八歳なのよ。もうおばあさん。変な腫瘍《しゆよう》かもしれないじゃない。すぐに病院で検査してもらってきて」

きつい口調でそう言う鈴子を、カータはいつもの円《つぶ》らな瞳で見つめていた。

翌日、カータを連れてかかりつけの動物病院へ行った。しこりを発見した経緯を告げ、しこりの中の細胞を採ってもらう。それだけだ。細胞はラボに送られ、病理検査に回される。結果がわかるのは一週間から十日後だと言われた。

家に戻り、仕事をするためにパソコンを立ち上げると、わたしの頭からはもうカータのしこりのことは消えていた。

鈴子のやつ、たかがにきびぐらいでぎゃあぎゃあ言いやがって。そんなに気になるなら、自分で病院に連れて行けばいいんだ。

わたしはフリーランスのグラフィックデザイナーだ。自身のマネジメントから実際の業務まですべてひとりでこなしている。鈴子はかつては専業主婦だった。カータと暮らしはじめたころから海外の犬関連の雑貨をあつめることが趣味になり、それを自分のブログで紹介しているうちに口コミで人気が広まった。ある犬の専門雑誌に紹介されたことで彼女はカリスマに昇進した。確かに、彼女が買い求めるものはおしゃれで品のあるものが多いのだ。犬の雑誌だけではなく、ペットの特集を組む一般誌、ファッション誌からも声がかかるようになり、はてはテレビにも出演し、今では青山に店を出している。

専業主婦の座は空位になり、家で仕事をすることがほとんどのわたしが家事を受け持つことになった。鈴子は毎朝早くに家を出て、夜遅くに帰宅する。二、三ヶ月に一度はアメリカやヨーロッパに買い出しに行く。

わたしより稼ぎが多いのだから文句は言えなかった。だが、鈴子が忙しくなればなるほど、我々夫婦の間に隙間風が吹きはじめたのも確かだった。我々がなんとか持ちこたえていられたのはカータがいたからだった。

カータはわたしのことも鈴子のことも愛していた。人間の勝手な都合で彼女の愛を奪うことはできない——それが我々夫婦の暗黙の了解だった。

カータが生きている間は決して離婚はしない。

＊＊＊

「組織球性肉腫です」

なにを言っているんだ、こいつは？――わたしはそう思った。しかし、医師の表情は沈鬱だった。

「組織球性肉腫というのは――」

「わかっています」わたしは医師の言葉を遮った。「検査結果に間違いはないんでしょうか？」

医師がうなずいた。その瞬間、わたしの背筋を悪寒が駆けのぼった。

組織球性肉腫というのは、血液の癌《がん》のようなものだ。組織球という白血球の一種が癌になり、全身に広がっていく。そして、リンパ節、肺、皮下などで腫瘍を形作る。進行の速い癌で、これに冒された犬はまず助からない。

なぜそんなことを知っているかというと、バーニーズ・マウンテン・ドッグという犬種においては、この癌は遺伝性疾患だと言われているからだ。

バーニーズは長い歴史を持つ犬種だが、いつしか人間にその存在を忘れられ、絶滅寸前にまで追い込まれた。トライカラー――黒、白、茶の美しい毛並みを持つこの大型犬を救おうと、一部のブリーダーたちが立ち上がり、頭数を増やすべく繁殖を開始したのが十九世紀も後半になってからのことだ。

しかし、絶滅寸前になった時点で、バーニーズの遺伝子は危機的状況を迎えていた。癌を発症する犬が異常に多いのだ。その中でも組織球性肉腫の因子はこの犬種の短命さに拍車をかけている。

バーニーズを飼いたいと思った時に、少なからず勉強して仕入れた知識だった。学びはしたが、しかし、やはり自分のこととして咀嚼《そしやく》したとは言えなかったのだろう。その証拠に、カータが組織球性肉腫に冒される可能性など、これっぽっちも考えたことがなかった。

鈴子のネットワークは広く、その中にはバーニーズと暮らしている大勢の人たちがいたが、組織球性肉腫と闘病している、あるいは組織球性肉腫で愛犬を失ったという人たちがかなりの割合で存在していた。カータがそうなるかもしれないということを、もっと真剣に考えておくべきだったのだ。

「先生……」

わたしの声はみっともないほどに震えていた。

「カータの余生が少しでも充実するよう頑張りましょう」

医師が言った。それは事実上の死刑宣告だった。

西洋医学ではこの病に対する有効な治療法は確立されていない。ある種の抗癌剤が効いたという症例はあるものの、それはわずかにすぎないはずだ。この病に冒されたら、その犬は遅かれ早かれ死んでしまう。

「なんとかなりませんか、先生」

わたしの無駄な足掻《あが》きに、医師は悲しそうに首を振った。

「化学治療をお望みなら、ぼくの母校の大学病院を紹介します。ぼくの見立てでは、おそらくリンパ節に腫瘍ができています。手術は無理でしょう。となれば、抗癌剤治療になるんですが……」

有効な抗癌剤がないことを、医師も知っているのだ。

わたしはカータを見た。カータは診察台の上で震えていた。病院が苦手でしょうがないのだ。四十キロ近い大きな身体《からだ》を小さく丸め、時折わたしを見ては早く帰ろうと訴えている。

制御不能な感情がふいにこみ上げてきた。

わたしはカータを抱きしめ、泣いた。医師と看護師がいるにもかかわらず、声をあげて泣いた。

どれだけ泣いても涙が涸《か》れることはなかった。

医師も看護師も泣き続けるわたしを無言で見守っていた。

2

予定より早く帰宅した鈴子の顔は青ざめていた。尻尾《しっぽ》を振って出迎えるカータを抱きしめながら、鈴子はわたしを見た。

「本当なの？」

鈴子の言葉にわたしはうなずき、病理検査の結果を記した書類を手渡した。鈴子は書類を食い入るような目つきで読んだ。書類を持つ手が細かく震えていた。

わたしはカータを呼んだ。カータはわたしに背を向けて座った。バーニーズに特有の癖だ。わたしはその背中を優しく撫《な》でてやった。

「一応、先生が大学病院の予約をしてくれた。紹介状も書いてくれたよ。明後日《あさって》、カータを連れて行ってくる」

わたしは言った。

「だめよ」

鈴子が書類から顔を上げた。

「だめって……」

「行ってもどうせ抗癌剤治療しかできないのよ。抗癌剤は効かないわ」

「だけど、効いたっていう症例があるって、言ってたじゃないか」

「この病気のことだけじゃないのよ。抗癌剤は癌を治せないの。進行を遅らせて延命させるだけ。しかも、抗癌剤を飲み続けたら、身体の健康なところまで破壊されて最後はぼろぼろになるわ」

「しかし――」

「本当なのよ、真《しん》ちゃん。父がどうやって死んでいったか、知ってるでしょう？」

鈴子は涙の滲《にじ》んだ目をつり上げていた。わたしは口を閉じた。鈴子の父親は五年前、癌による多臓器不全で死んだ。抗癌剤を飲み続け、副作用に苦しんだ挙げ句、激痛に苛《さい》まれながら死んでいったのだ。

「抗癌剤は腫瘍の塊の周辺の癌細胞を叩《たた》いてはくれるけど、癌のおおもとの幹細胞にはまったく効かないのよ。うまく働けば癌の増殖を抑えて延命することはできる。でも、結局は身体がぼろぼろになって苦しみながら死んでいくことになる。人間だけじゃなく、犬もそうなの。わたし、そんなワンちゃんたちの話、たくさん耳にしたわ。わたし、自分が癌になっても化学治療は行わないって言ったわよね？　愛犬に抗癌剤治療をして、結局死なれてしまった飼い主さんたちも同じよ。次の子が癌になっても抗癌剤は絶対に使わないって言うの」

「おまえの言い分はわかったけど、じゃあ、どうするんだ？　このままなにもせず、カータが死んでいくのを見守っていろというのかよ」

鈴子は首を振った。

「わたしたちがしてやれることはたくさんあると思うの。まず、代替療法。食餌《しょくじ》療法に漢方、ホメオパシー、気功。効果があるかどうかはわからないけれど、なにもしないよりましなはずよ。わたし、自然療法に詳しい獣医さんを知ってるの。九州の病院だから、カータを診察に連れて行くのは無理だけど、いろいろ訊《き》いてみる。ちょっと待っててね」

鈴子は上着とバッグを無造作にソファの上に置き、パソコンを置いたライティングデスクに座った。

鈴子がキーボードを叩く音を聞きながら、わたしはカータを誘ってソファに移動した。カータは身軽にソファに飛び乗った。恐ろしい病に冒されているようには見えない。また涙が溢《あふ》れそうになって、わたしは拳をきつく握って耐えた。わたしがソファに腰を落ち着けると、カータが右の前脚でわたしの腰の辺りをつついてきた。撫でてくれと催促しているのだ。顎の下を撫でてやる。カータは満足げに呻《うめ》いた。

バーニーズは全体の八十パーセントが黒い毛で覆われている。口吻《マズル》から頭頂部にかけて、一筋の白い毛が走り、胸や足先も白い。目の上に眉毛のような茶色い毛が生え、マズルの両サイド、そして四肢にも茶色い部分がある。これだけバランスの取れたトライカラーの犬種は他にはいない。

体重は四十キロから五十キロ。大きな個体になると六十キロを超えるものもいる。穏やかでフレンドリーな性格で、コンパニオン・アニマルとしては最良の犬種だった。

最初にバーニーズの存在を知ったのは表参道の路上だった。上品な中年の女性がこのトライカラーの大型犬を散歩させていたのだ。一目見た瞬間から、わたしはバーニーズに魅入られた。

鈴子と話し合い、犬を飼えるマンションに引っ越してカータを迎え入れたのだ。

カータ。正式にはカタリーナというのだが、もう何年もカータで通している。わたしと鈴子の新婚旅行はスペインだった。マドリードからバルセロナへ移動し、最後は、スペインとフランスの国境にまたがるバスク地方で過ごした。そこで立ち寄ったレストランで、異国人である我々を素敵な笑顔とサービスで歓待してくれたのがカタリーナという名の若いバスク娘だったのだ。

わたしたちは彼女の笑顔がいたく気に入り、いつか犬を飼うことになったら、カタリーナと名付けようと決めた。

あの時のバスク娘と同じように、カータもとびきりの笑顔でわたしたちを癒してくれるのだ。

「これでよし」

鈴子がパソコンの電源を落としていた。

「明日から、店のことは増田《ますだ》君に任せることにした」

増田というのは鈴子の店でマネージャーをやっている男だった。

「どういうことだ？」

「わたしが店に顔を出すのは一日四時間っていうことで、スタッフの了解を得たの。カータの病気のことを話したら、みんなわかってくれた」

「おまえはそれでいいのか？」

「カータのためよ。それぐらい、なんでもないわ。ほんとはもっと早くそうしてあげたらよかった……」

鈴子は床に座り、ソファで寝そべるカータのお腹に手を当てた。

「ごめんね、カータ」

カータが背中を丸め、鈴子の手をぺろりと舐《な》めた。次の瞬間、鈴子の目に涙が溢れた。

「ごめん」

鈴子は立ち上がり、バスルームへ駆け込んでいった。

＊＊＊

翌朝、鈴子はメールのプリントアウトをわたしに手渡した。九州の自然療法に詳しいという獣医が送ってきたメールだ。

『治療の根本は正しい食事です。』

一番最初にそう書いてあった。水分の多い正しい食事を与えることでカータの排尿を促し、身体に溜《た》まった老廃物をデトックスして自己免疫力を上げる。ただ、それだけだ。

読んでいるうちに気が抜けていく。

「たったこれだけか？　他の治療法はないのか？」

「ちゃんと読んで」

気色《けしき》ばむわたしに、鈴子はぴしゃりと言った。わたしは渋々文面を追った。

食事の内容は肉が六、野菜が三、穀物が一。細かく刻んだ野菜と穀物に味噌《みそ》か醬油《しょうゆ》を少量加え、ことこと煮てスープにし、肉にかけて食べさせる。

しっかりとした味付けをしなくていいぶん簡単だが、手間暇はかかる。

「これを毎日朝夕作るのか？」

「朝、一日分いっぺんに作ればいいのよ。それはわたしがやるから。わたしがどうしても朝早くから店に出なきゃならないときだけあなたにやってもらわなきゃならないけど」

「それぐらいやるよ。カータのためだ」

メールの最後に、毛根つきのカータの毛を数本送ってくれと書いてあった。

「毛?」

「被毛検査っていうのがあるの。毛と毛根を分析して、今のカータになにが必要か調べるのよ」

鈴子はどこで調達したのか、ピンセットを手にしていた。それでカータの毛を摘《つま》み、一気に引き抜く。カータの毛が数本抜けていた。それを小さな瓶に入れて密封する。さらにそれを梱包材《こんぽうざい》を敷き詰めた小さな段ボールに入れた。

「わたしがカータのご飯を作っている間、これ出してきてくれる」

わたしはうなずきながら段ボールを受け取った。すでに宅配用の伝票も用意されていた。近所の集荷所まで大急ぎで往復した。戻ってくると、鈴子がキッチンに立ち、そのそばで腰を下ろしたカータがじっと鈴子の動きを見守っていた。尻尾が絶え間なく揺れ、口の周りが涎《よだれ》で濡《ぬ》れている。とても死に至る病に冒されているとは思えなかった。

この時間に鈴子が家にいる、それもキッチンに立っているというのが新鮮だった。数年前まではそれが日常だったのだ。しかし、鈴子が忙しくなるにつれ、その光景はわたしの記憶の中にしか存在しなくなった。それはわたしとわたしの家族がもっとも幸せだったころの残像だ。

涙がこみ上げそうになる。それを堪《こら》えてわたしは鈴子に声をかけた。

「あのさ、ちょっと考えたんだけど、刈谷《かりや》の軽井沢の別荘、借りられないかなと思って。

カータ、軽井沢大好きだっただろう?」

刈谷守《まもる》はわたしの大学の同期だ。小さな出版社の三代目で、大学時代からわたしとはうまがあった。卒業してからもつきあいは続き、わたしがフリーランスになるとよく仕事を回してくれた。三年ほど前、ゴールデンウィークに別荘に招かれ、カータを連れて行ったことがある。

バーニーズの故郷はスイスの山岳地帯だ。軽井沢の気候や風景がスイスに似ているのだろう。カータは子犬に戻ったかのようにはしゃぎ回った。あんなに嬉《うれ》しそうに野山を駆け回るカータを見たのはその時だけだ。

何度も軽井沢に連れてきてやろう——その時はそう思ったのだが、忙しさにかまけてその時かぎりになってしまっていた。

もっと連れていってやるべきだった。宅配便を出す道すがらそう思い、刈谷に頭を下げようと決めたのだ。

「軽井沢か……東京まで通おうと思えば通えないことはないのよね。でも、刈谷さん、貸してくれるかしら」

鈴子はわたしの思いつきをあっさり受け入れた。

「冬場はまったく使わないって言ってたから、たぶん、大丈夫。今、電話してみるよ」

「カータ、いい子ね。もうちょっと待ってて。今日のご飯はご馳走《ちそう》よ」

鈴子は冷凍肉の入ったカータの食器にスープを注いだ。カータの視線は食器に釘付《くぎづ》けになったまま動かない。

わたしは携帯を取りだした。

「おう、どうした、真一《しんいち》。久しぶりじゃないか」

「別荘を貸してくれ」

わたしは本題をストレートに切り出した。

「いつでもいいぞ。今度の連休か？」

「そうじゃない。長期で借りたいんだ。三ヶ月とか、半年とか」

「どうした？　鈴子ちゃんと別居か？」

刈谷の声が低くなった。

「カータが癌になった。西洋医学じゃ治らない癌だ。軽井沢で過ごせば免疫力があがるんじゃないかと思って。カータが喜んでたの、おまえも見ただろう」

「いいぞ。光熱費だけ払ってくれればいい。家賃はいらん。カータのためだ。ゴールデンウィークまでは好きに使っていい。いや、ゴールデンウィークはどこかに旅行に行くことにするか。夏まで好きに使っていいぞ」

「すまん、刈谷」

「だって、カータだろう。おれの親友が女房とうまくいかなくなって落ち込んでる時にいつもそばにいて慰めてくれた子だろう。あんなおんぼろ別荘でいいなら、好きなだけ使えばいい」

「恩に着る」

「気にするな。いつか返してもらうからな。別荘の鍵は近々送るから、いつでも好きな時に使え。遠慮するな」

「ありがとう」

電話を切って振り返った。別荘が借りられることになったと告げようとして、わたしは口を閉じた。

食器を手に立っている鈴子をカータが座った姿勢でじっと見上げている。肉の量が多いから、スープが冷めるのも早いのだ。

鈴子が食器をカータ専用の台の上に置いた。カータは目で食器の行方を追ったが動くことはなかった。ステイの指示《コマンド》がかかっているのだ。どれだけご飯が食べたくても勝手に動いてはいけない。

バーニーズはどんな犬もそうなのだと思うが、カータの躾《しつけ》に苦労したということはない。散歩の時にリードを引っ張るなということも、ステイもお座りも、一、二度教えればすぐに覚え、生涯忘れない。

「OK」

鈴子が言うのと同時にカータが動いた。立ち上がり、台に突進して食器にマズルを突っ込む。ものすごい勢いで食べはじめた。

「美味《おい》しいんだな。こんなに嬉しそうにご飯を食べるのははじめて見た」

これまで、カータの食事は市販のドッグフードに生肉を混ぜたものを与えていた。

「ほんとはずっとこうしてあげようと思っていたの。カータも喜ぶし、なにより健康にいいのはわかってたから。でも、忙しいのを理由にして……」

鈴子の目にまた涙が滲んだ。わたしは鈴子の肩を抱き寄せた。

「いいんだ。過去のことはもうどうにもならない。これから、カータのためにできることを精一杯やってやろう」

鈴子はうなずき、わたしに身体を預けてきた。こんなに濃密に接するのは何年ぶりだろう。

わたしと鈴子は無言のまま身体を寄せ合い、ご飯を食べるカータを見守った。鈴子が一時間近くかけて作ったそれは、ものの数分でカータの胃に収まった。

3

九州から届いた宅配便には薬がこれでもかというぐらい詰め込まれていた。カプセルに詰められた漢方らしき粉末、白いタブレット、マッチ棒の先ほどの白い丸薬、液体の入ったプラスティックのボトルが一本、空のボトルが一本。ボトルは蓋の色が違っている。

「これを全部飲ませろというのか……」

わたしは薬を前に、呆然《ぼうぜん》と呟《つぶや》いた。鈴子は外出していた。一緒に入っていた紙に薬の飲ませ方が記されていた。カプセルやタブレット、白い蓋のボトルに入った液体はご飯に混ぜる。小さな白い丸薬は水に溶かし、黄色の蓋のボトルに入れて溶液を直接カータに飲ませる。

これは厄介だ――わたしは思った。食事に混ぜる分には問題ない。カータは肉や野菜と一緒に薬を飲みこんでしまうだろう。だが、溶液を直接飲ませるとなると話は違ってくる。

溶液は日に五、六度、一回につき二、三滴飲ませるようにと書いてあった。

試してみることにした。溶液を入れた小さなボトルの蓋を取り、右手にしっかりと持つ。

「カータ」

ソファの上で寝ているカータを呼んだ。カータはすぐに顔を上げ、寝ぼけ眼《まなこ》でわたしを見た。

「カム」

カータはよたよたとソファをおり、ゆったりとした足取りでやって来た。わたしがコマンドを出す前に自ら腰を下ろし、わたしを見上げた。尻尾が忙《せわ》しなく動いている。おやつを期待しているのだ。

「ステイ」

わたしはコマンドを出しながら左手でカータのマズルを摑《つか》んだ。口の中に指を押し込み、口を開けさせる。素早くボトルから溶液を垂らした。

カータが激しく首を振った。その勢いでわたしの手が離れる。

「大丈夫だろう、カータ？」

猫撫で声を出してみたが、カータの目には不審の色が宿っていた。

「もう一回やってみよう、カータ。ステイ」

わたしと鈴子の出すコマンドは絶対だ。カータは不承不承といった態度で座り直した。わたしがマズルに手をかけようとすると激しい勢いで首を振った。

「カータ」

ステイのコマンドに首を振ってはいけないという意味は入っていない。カータは扇風機のように首を振り続けた。

「カータ、自分じゃわかってないだろうけど、おまえは病気なんだ。で、これは薬だ。

薬を飲まないと病気が治らないし、病気が治らないとおれと一緒にいることができなくなるぞ」

静かに語りかけるとカータは落ち着きを取り戻した。だが、わたしがマズルに手をかけようとするとまた扇風機のように首を振る。

根負けしたのはわたしの方だった。

「わかった。もういい」

その言葉を待っていたとでもいうように、カータは身を翻してソファに戻っていった。

わたしは携帯で鈴子に電話をかけた。

「参ったよ。液体の薬があるんだけど、カータ、飲んでくれそうにない」

「九州の先生になにかいい飲ませ方がないか訊いてみるわ。それより真ちゃん、ちょっと相談があるんだけど、今、いい?」

「うん」

「スタッフに軽井沢から通うことを言ってみたんだけど……」

「無理?」

「そうじゃないの」

鈴子が首を振る姿が脳裏に浮かんだ。つきあいはじめたころは、その必死な様子が愛《いと》おしく思えたものだった。

「スタッフはわたしたちのために頑張るって言ってくれたの。でも、増田君にあんまり負担をかけるわけにもいかないし……わたしと話をしにくるっていうお客さんもいるし」

わたしは無言のまま鈴子の次の言葉を待った。わたしに話しているというよりは自分に言い聞かせているのだ。

「月曜が定休日でしょ？　だから、わたしは月曜から木曜まで軽井沢に滞在する。週末はお客さんも多いから、金曜から日曜は東京にいて店で平日の穴を埋めたいの。今はまだいいけど、もし今後病状が悪化してカータが動けなくなったら、その時は店は全部スタッフに任せるから、それまではなんとか——」

「おれはかまわないよ。カータもそれで納得してくれると思う」

「それでね、新しい態勢に移行するまでの準備期間として二週間ほしいの。軽井沢に行くのは十月の半ばからっていうことでいいかしら？」

「大丈夫だよ」

言いながら、わたしは自分の言葉の柔らかい響きに驚いていた。鈴子にかける言葉には必ずといっていいほど棘《とげ》があったのだ。

「今夜は遅くなるわ。ごめんなさい」

「カータのご飯はおまえが朝作ってくれてあるし、心配いらないよ」

「携帯、カータの耳のところに持っていってくれる？」

「了解」

わたしは鈴子の望むとおりにした。

「カータ、聞こえる？　鈴ちゃんよ」

携帯から聞こえる鈴子の声にカータの耳が持ち上がった。

「今日はちょっと遅くなるけど、できるだけ早く帰るから、真ちゃんと一緒にいい子で待っててね」

くぅん——カータが甘えた声を出した。

「聞こえたよ、カータ。家族がみんな一緒じゃないと寂しいね。ごめんね。仕事早く終わらせるからね」

鈴子の声もカータに甘えているかのようだった。

＊　＊　＊

薬の溶液の問題はすぐに解決した。少量でも体内に入ればいいので、無理に口の中に滴下する必要はないと九州の獣医から鈴子宛にメールが届いたのだ。鼻先に一滴落とす。そうすれば、カータが自分で舐めとるはずだ、と。

もちろん、カータはそれですら嫌がった。だが、口を開こうとさえしなければ抵抗はわずかだった。

仕事が一段落し、嫌がるカータの鼻に薬を垂らしてそろそろ夕方の散歩に出ようかという時分にインタフォンが鳴った。カータが盛大に吠《ほ》えた。いつの頃からか、インタフォンの音に敏感に反応するようになっている。

訪問者は宅配便の業者だった。刈谷からの荷物だった。中には別荘の鍵と手紙が入っていた。わたしは手紙を広げた。

『前略

大昔に夏に訪れることだけを考えて建てた家だから、秋冬は寒い。数年前に床暖を入れたけど、それでも寒い。防寒着は充分に用意していけ。別荘の管理業者に、薪《まき》をたんまり用意させた。遠慮せずに薪をどんどん燃やせ。使ってくれた方が家にも家具にもいいんだ。

インターネット回線は光通信が入っている。仕事にも支障は出ないだろう。

ああ、そうだ。車のタイヤはスタッドレスに替えて行けよ。できればチェーンも用意しておいたほうが安心だ。

冬の軽井沢はいいぞ。人がいなくて静かで綺麗《きれい》だ。そこでカータに幸せな時を過ごさせてやれ。ずっと一緒にいてやれ。なにしろ、やつらの一生は呆《あき》れるぐらい短いからな。

いずれ、カータは逝くんだろう。その時、悔いが残らないよう、やれるだけのことをしてやれ。おれも協力は惜しまない。おまえの家族はおれの家族だ。

家のものはなにを使ってもいい。調味料も酒も。使って、なくなったら買い足しておいてくれればそれでいい。ただし、ワインセラーのワインに手をつけたら殺すぞ。飲む時は覚悟しろ。

おれも冬の間に一、二度顔を出そうかと思ってる。だれにも気兼ねすることなくゆっくり飲もう。それじゃあな』

文末には別荘のセキュリティシステムを解除する方法が書かれていた。

わたしは刈谷の手紙を何度も読み返し、胸を熱くさせる感情を持てあました。

カータが足もとにまとわりついている。散歩の時間だと催促しているのだ。

「カータ」

わたしはしゃがみ、カータを抱きしめた。カータの長く柔らかい毛並みの感触を何度も何度も確かめた。

どうしておまえが——やるせない気持ちがこみ上げてくる。

カータだけではない。今この瞬間、日本中の、いや世界中のいたるところで辛《つら》い闘病生活を送っている犬が、人にむごい仕打ちをされている犬が、死にかけている犬が、愛する犬のために涙を流している人がいるのだ。それがわかっていてなお、押し寄せる思いを止めることができない。

どうしておまえが。まだ八歳なのに。こんなに元気なのに。こんなに愛しているのに。

抱きしめる力が強すぎたのか、カータが身体を離そうとした。力を緩めると、カータはわたしの顔を覗《のぞ》きこみ、首をかしげた。

どうしたの？　どうして泣いてるの？　なにが悲しいの？

カータの目はそう問うてくる。わたしは無理矢理微笑《ほほえ》んだ。

「カータ、約束するよ。ずっとそばにいてやる。どこへ行くのも一緒だ」

カータが右前脚でわたしの胸をつついた。撫でてくれという催促だ。わたしは彼女の胸を撫でてやった。

「一秒たりともおまえのそばを離れない。絶対に逃げ出したりはしない。おまえが逝く時、おまえがその目で最後に見るのはおれだ。おれの顔だ」

カータが満足そうに微笑んだ。

4

高速道路を下りた先の峠道は紅葉に彩られていた。モミジ、ナナカマド、ヤマウルシ。

森の緑を侵食するかのようにあちこちで赤い葉がざわめいている。

新鮮な空気を吸いたくて窓を開けた。東京の真冬を思わせる冷たい風が車内に吹き込んでくる。

「寒くないか?」

わたしは助手席の鈴子に訊いた。鈴子は首を振った。

「平気。それに、カータが喜んでる」

確かに、ルームミラーに映るカータの顔はほころんでいる。彼女はこれから楽しい場所に行くのだということをはっきりと理解しているのだ。

上り坂に差しかかると、車のエンジンが悲鳴をあげた。わたしの車は国産の四駆だが、もう十年近く乗り回している。おまけに荷物がぎっしりと積まれていた。これから何ヶ月軽井沢に滞在することになるかわからないのだ。だから、必要と思えるものはすべて積んできた。

車を買い換えるという話も出たのだが、余分な金はカータの治療に回したかった。カータはペット保険に入っていたが、代替医療には保険は適用されない。九州の獣医が送ってくれる薬はそれなりの値段がするのだ。

南軽井沢の交差点を左に折れ、数キロ先にあるスーパーに立ち寄ってさらに車の荷物を増やした。

刈谷の別荘は追分と呼ばれる地域にあった。軽井沢の町中からはかなり外れ、車で数分も走れば隣町という別荘地の中だ。その分、冬になればほとんど人の姿を見ることもなく、気ままに別荘暮らしを楽しめるだろうと刈谷は言っていた。

別荘の前に軽トラックが停《と》まっていた。刈谷と契約している別荘管理会社の人間で、冬の別荘暮らしにおける留意点を懇切丁寧に教えてくれた。

荷物を運び込む間、カータはおとなしく車の中で待っていた。霧が立ちこめ、気温は十度に満たなかったがすぐに汗まみれになった。

すべての荷物を別荘に運び入れると、荷ほどきは鈴子に任せてカータを車から降ろした。

カータは身震いすると、低く太い声で吠えた。早く遊ばせて——そう言っているのだ。わたしはカータと共に庭に移動した。刈谷の別荘の敷地は五百坪。別荘自体の建坪は三十ほどだから、庭は驚くほど広かった。その庭に何本ものモミジが植わっている。ゴールデンウィークにお邪魔した時、この庭は緑の光で満たされていた。新緑に色づいたモミジの葉を透過した光があふれかえっていたのだ。ここのモミジの紅葉ははじまったばかりのようだった。あと二週間もすれば、この庭は真っ赤に染まるのだ。それを毎日眺めながら暮らすことができる。

わたしは高揚していた。その高揚がリードを通してカータにも伝わっていく。カータは準備万端整っていた。

「ステイ」

コマンドをかけ、リードを外す。カータは身震いするが、その場に留まった。

「OK」

わたしの言葉が終わる前に、カータは走りだした。大きな身体を躍動させて庭を縦横に駆け回り、モミジの木の根元の匂いを嗅いではまた駆ける。

カータは喜びの塊だった。喜びの欠片《かけら》を撒《ま》き散らしながら走っていた。

「鈴子、外においでよ。荷ほどきは後でいいから、カータと庭で遊ぼう」

わたしは声を張り上げた。その声に反応したカータが立ち止まり、耳を持ち上げた。

玄関の方から鈴子が駆けてくる足音が聞こえた。その瞬間、カータは鈴子に向かってダッシュした。

鈴子が悲鳴をあげた。回れ右をしてカータから逃げようとする。その背中をカータはきらきらと輝く目で追いかけた。

＊＊＊

どれぐらい遊び呆《ほう》けていただろう。カータは疲れることを知らず、わたしと鈴子も高揚に身を任せていた。

気がつけば、西の空が茜《あかね》色に染まっていた。天空の青が徐々に薄くなり、やがて黄色に転じて地平線近くの茜色までなだらかなグラデーションを描いている。秋の澄み切った空気ゆえの夕焼けだった。

「ちょっとこの辺りを散歩してこようか」

わたしは夕焼けを見上げながら言った。

「でも、荷ほどきが終わってないわ。すっかり遊んじゃった」

「そんなの、明日からでいいじゃないか」

「そうね。軽井沢初日だもん。働くのは明日からでいいね」

身体は汗ばんでいたが、気温が急激に下がっていくのが感じられた。わたしと鈴子はダウンジャケットに身を包み、念のため、懐中電灯を懐に忍ばせた。カータにリードを付けて別荘の敷地を出た。

わたしはいつもリードを左手に持つ。これは犬と散歩をする時の原則だ。わたしの左手はカータのもの。右手は鈴子のもの。昔はそう言って笑いあった。そのわたしの右腕に鈴子が自分の腕を絡ませてきた。

「たまにはいいでしょ？」

微笑んでいる鈴子にわたしはうなずいた。

「真ちゃんの左手はカータのもの。右手はわたしのもの」

別荘地はしんと静まりかえり、聞こえるのはわたしたちの足音だけだった。紅葉がはじまった木々の間を乾いた冷たい風が吹き抜け、土埃《つちぼこり》を巻き上げる。カータの顔はほころびっぱなしだ。

風の冷たさが心地よく、右腕に伝わってくる鈴子の体温が心地よかった。

カータの病があるというのに、わたしは幸せだった。

5

軽井沢の暮らしも二週間が過ぎる頃には落ち着いてきた。鈴子は金曜の早い新幹線で上京し、月曜の午前中に戻ってくる。

鈴子がこっちにいる時は、朝も夕方も家族全員で散歩に行く。早朝ならまったく人がやってこない格好の散歩コースもいくつか発見した。

日々紅葉が深まり、気温が下がっていく。冬はもう間近までやって来ていた。

別荘暮らしをはじめたばかりのある夜、先に寝ていたわたしに鈴子が触れてきた。結婚してから数年の間は、それが欲情しているというサインだった。だがもう何年も鈴子を抱いたことはなかった。

驚きながら、わたしは鈴子の誘いに応じた。若い時とは違い、お互いを慈しむように愛撫《あいぶ》し、交わり、満足して果てた。

はじめる時も、終わった後も、さらにいえば翌朝も、わたしたちは無言だった。久々に愛を確かめ合った高揚と、今さらという気恥ずかしさとがない交ぜになって奇妙な感情を持てあましていたのだ。

しかし、それ以来、カータが寝入った夜は愛し合うことが習慣となった。刈谷の別荘は浴室が広く、ふたりで湯船につかり、そのまま交わったこともある。

カータの病気が発覚したのを境に、ぎすぎすしていたわたしたちの関係にかつての尊い思いがよみがえったのだ。

いつかカータを失ってしまうという恐怖や不安を紛らわすためでもあっただろう。しかし、紅葉の森に閉ざされて、カータとわたしたちしかいないという空間が安らぎに似たなにかをもたらしたのも確かだった。

かつて、わたしはカータがいなくなったら鈴子と離婚するのだろうと漠然と思っていた。今は、カータがいなくなっても鈴子が支えてくれるならなんとか耐えられると思っている。

＊＊＊

あまりの寒さに布団から出ることができなかった。業を煮やしたカータがわたしの身体に前脚をかける。

「わかっているよ、カータ。でも、あと三十分だけ寝かせてくれ」

わたしは寝返りを打った。そのうなじに生温かいものがしたたり落ちて、わたしは溜息と共に起き上がった。カータの涎が落ちたのだ。

布団の中であたためられていた身体が急速に冷えていく。吐く息が白かった。

「嘘《うそ》だろう」

呆然と呟きながら大急ぎで着替えた。床暖房はカータが暑がるのでまだ入れていなかったのだが、それが失敗だった。おそらく、気温は氷点下を割っている。

「まだ十一月だぞ」

ダウンジャケットを羽織りながらブラインドを上げた。途中でその手が止まった。

赤かったはずの庭のモミジたちが白い。

「カータ、雪だ」

わたしは呟いた。紅葉した葉や木々がうっすらと雪をかぶっている。天気予報では夜半に雨が降ることになっていた。それが急激な気温の低下で雪になったのだ。

「雪だ、カータ」

わたしはカータを見た。わたしの興奮が伝わり、カータは激しく尻尾を振った。

「雪だ。紅葉に雪だ。カータ、雪だ」

わたしはやっと言葉を覚えた赤ん坊のように、似た言葉を繰り返した。それしか言葉が出てこなかったのだ。仕事用に使っているデスクに置いてあったデジタル一眼レフを肩にかけ、わたしは階下に向かった。仕事柄、カメラと写真に関する知識はそれなりに持っている。軽井沢に来てからカータの写真は何枚も撮っていたが、今日は格別な写真が撮れそうだった。

カータを乗せて車を発進させた。しなの鉄道の信濃追分駅前を通る曲がりくねった道を軽井沢方面に向かうと、南側に広い農地が開けた場所がある。すでに農閑期に入り、人の姿もない農地だった。畑と畑の間を舗装された農道が縦横に走り、普段の格好の散歩コースとして使わせてもらっている。

適当な空き地に車を停め、カータと共に降りた。数日前までは枯れ草と土の色ばかりだった畑が雪化粧をほどこされている。農地を囲んでいる林は雪の白と紅葉の赤が入り交じって幻想的な色彩を孕《はら》んでいた。積雪は数センチ。しかし、間違いなく世界は昨日までとは違った表情を見せていた。

リードを外すと、カータは走りだした。童謡の「犬は喜び、庭駈《か》けまわり」どころではない。カータは文字通り雪に狂喜乱舞していた。止める暇もなく、百メートル近くを全力疾走している。

「カータ、カム」

わたしはカメラを構えながら叫んだ。カータがUターンして戻ってくる。ファインダーでその姿を捉え、何度もシャッターを切った。逞《たくま》しい脚で雪を蹴上げるたびに、カータの長い耳が蝶《ちょう》の羽のように躍った。顔がほころんでいる。カータは本当に笑っていた。

戻ってきたカータの頭を勢いよく撫でてやり、わたしは素手で雪を掬《すく》いあげた。

「食べてごらん、カータ。冷たくて美味しいぞ」

カータが匂いを嗅ぎ、雪を食べた。

「な？　美味しいだろう？」

カータはわたしの声には反応せず、また走りだした。走っては止まり、雪を食べ、食べてはまた走る。

わたしはカメラを首からぶら下げてカータを追いかけた。それに気づいたカータは立ち止まり、わたしを待つ。しかし、もう少しで手が届くというところでカータはまた走りだした。十メートルほど走って立ち止まり、振り返る。わたしが近づくとまた走りだす。

「意地悪だな、カータ」

足がもつれ、わたしは雪の中に倒れ込んだ。倒れたままわたしは笑った。カータだけではない。わたしもまた、童心に返っていた。東京なら耐えられないような寒さも、ここでは耐えられるのだ。いや、寒さが嬉しい。楽しい。澄んだ冷気が長年の東京暮らしで身体にこびりついたものを洗い流してくれるかのようだ。

　カータの走る足音が近づいてきた。わたしは寝転がったままでいた。カータの姿が視界に入った。急に倒れたわたしを彼女は心配しているようだった。周りを歩きながらわたしの匂いを嗅いでいる。

「楽しいな、カータ。雪は最高だな」

　わたしは言った。カータが何度もわたしの顔を舐めた。

「ダウン」

　カータはわたしのコマンドに素直に従った。雪の上に伏せたのだ。わたしはカータの身体に腕を回した。

「もっと寒くなれば、毎日雪遊びだぞ、カータ」

　カータの毛並みに顔を埋めながら言った。

「最高だろう？　こんなにおまえが喜ぶって知ってたら、ずっと前から、冬の間だけ刈谷に別荘借りておけばよかったな」

　カータが尻尾を振っているのを感じる。カータの尻尾が、筋肉の緊張が、鼓動が、自分は幸せだと叫んでいた。

「よし」わたしは立ち上がった。「昼になって気温があがったら溶けちゃうからな。今のうちにめいっぱい遊んでおこう」

カータも立ち上がり、四肢をたわめた。わたしがうなずくと、カータは脚に溜めていた力を爆発させた。

嬉しい、楽しい、楽しい、嬉しい。

カータの感情が伝わってくる。わたしは再びカメラを構え、雪の上を踊るように走るカータの姿を捉えた。カータの一瞬一瞬の感情を切り取った。

そして、走る。カータと一緒に子供のように走り、転び、また立ち上がって走る。息が上がり、筋肉が悲鳴をあげても走り続けた。

だれもいない雪原に、わたしとカータの喜びだけが満ち溢れていた。

この奇跡的に幸福な瞬間が永遠に続けばいいのに。

走りながら、わたしはそんなことを考えていた。

＊＊＊

しかし、幸福な時間は思いの外早く終わりを告げた。

紅葉もすっかり散り、雪が積もっては溶けることが繰り返された。そうして、暦は師走に突入していった。

鈴子が東京に行っている日曜日の朝だ。午前六時に目覚ましに起こされ、わたしは震えながら起き上がった。いつもなら、ベッドのそばでわたしを待ち構えているカータの姿がなかった。

急いで服に着替え、階下に降りた。

「カータ？」

キッチンの片隅で揺れる尻尾が見えた。カータは床に伏せていた。

「どうした、カータ？　散歩の時間だろう？」

外はまだ暗かった。東の空では朝焼けがはじまっているだろう。赤く燃える空を見ながら散歩するのが最近の楽しみのひとつだった。

立ち上がるカータを見て、わたしは息をのんだ。カータが左の後ろ脚を浮かせていたのだ。昨日まではなんの予兆もなかった。

「痛いのか、カータ？」

わたしは床に膝をつきカータの浮いた脚に触れた。膝の関節のあたりが熱っぽかった。

「歩けないぐらい痛いのか？」

カータは不安そうな表情でわたしを見つめた。わたしはカータから離れた。

「こっちに来てごらん、カータ。カム」

わたしが呼ぶと、カータは左脚をうまく床につくことができず、三本の脚でスキップするように向かってきた。

心の中に黒雲が押し寄せてくる。わたしは不安を抑えこんだ。

「今日の散歩は庭で済ませよう。オシッコとウンチだけ。いいな、カータ？」

カータの尻尾が力なく揺れている。

わたしは無理をしないように誘導しながらカータを庭に出した。カータはすぐに排尿し、モミジの根元の匂いを嗅ぎながら庭の中を歩いた。いつもなら走りだすのに、その気配もない。左後ろ脚は地面につけていたが、ふとした拍子に浮かせてスキップするように歩く。

間違いなく脚に異変が起こっているのだ。

携帯で鈴子に電話をかけた。回線が繋《つな》がると、眠たげな鈴子の声が聞こえてきた。

「もしもし。真ちゃん、こんな時間にどうしたの？」

「カータの左後ろ脚がおかしい。痛くて地面につけないみたいだ」

「本当に？」

鈴子の声から眠たげな響きが一瞬で消えた。

「後で佐藤《さとう》先生に診《み》てもらってくる」

軽井沢に来てから、隣町の小諸の動物病院で定期的にカータを診てもらっていた。組織球性肉腫に冒されているが、西洋医学的な治療を受けさせるつもりはない。しかし、体調の変化は診てもらいたい。我《わ》が儘《まま》ともいえる我々の言い分に、佐藤医師は笑ってうなずいた。

「組織球性肉腫なら、それが一番いいですね」

佐藤医師もまた、この病気の難しさをよく知っているのだ。

「先生がもしステロイドとか鎮痛剤を投与しようとしたら止めてね」

「わかってる」

「診察が終わったらすぐに連絡して」

鈴子は今にも泣き出しそうだった。

「わかってる」

わたしは同じ言葉を繰り返して電話を切った。

カータは一本のモミジの木の下で排便をしていた。出すものを出しきると、またスキップするように歩きだした。

「カータ……」

わたしにはなすすべがなかった。愛するものを救うてだてが、わたしにはなにひとつないのだった。

6

暗い気持ちで帰途についた。カータは後部座席で幸せそうに眠っている。

わたしの脳裏では、診察室で見せられたレントゲン写真がちらついていた。カータの左後ろ脚の膝関節内に影があった。おそらくは腫瘍だろうと佐藤医師は言った。肺にも影。癌は肺と、おそらくリンパ節にも転移している。

軽井沢へ来て、カータの自己免疫力は見違えるほど高まったはずだ。だが、癌の勢いはそれを凌駕《りょうが》してカータの肉体を冒している。

「余命は三ヶ月というところでしょうか」

佐藤医師の言葉が耳によみがえり、視界がしばしば涙で曇った。そのたびに首を振り、不吉な考えを頭から追い払おうとした。

組織球性肉腫は、その発見から死亡までの平均日数が一、二ヶ月という驚異的な進行速度を誇る癌だ。だが、カータはその時期をとうに過ぎている。軽井沢の環境と我々夫婦の愛情が彼女に癌と闘う力を与えているのだ。

ならば、医師に三ヶ月と宣告された命ももっと長らえるはずだ。そうだろう？　三ヶ月が四ヶ月に、四ヶ月が半年に、半年が一年になる可能性だってある。

走れなくていい。歩けなくてもいい。一秒でも長くそばにいてくれ。

わたしはルームミラーに映るカータを見ながら祈った。

安らかな寝顔を見れば見るほど不安が募っていく。

佐藤医師はいくつかの治療法を勧めてくれたが、わたしはすべて断った。ステロイドに痛み止め、どれもこれも対症療法でしかない。一時的に症状を抑えてくれるかもしれないが、それは決して病気の根治には繋がらない。それどころか副作用などでカータの身体をさらに害するおそれもある。

それがわかっていてなお、万が一の時のため、薬を処方してもらった方が良かったのではないかと考える自分がいた。

揺れている。目を背けてきた現実を突きつけられて、わたしは揺れている。

「カータ……」

思わず声に出していた。ルームミラーの中で、カータが目を開け嬉しそうに尻尾を振った。

＊　＊　＊

「あなたはどうしたいの？」

鈴子が言った。食卓の料理はどれもこれも手つかずだった。わたしも鈴子も食欲を失っていたのだ。いつもと変わらぬ食欲を見せたのは、我々から食欲を奪ったカータだけだった。

「わからない」

わたしは正直に答えた。

病院から戻ったあと、現実から逃避するように料理に没頭し、物理的にも精神的にも食べられるはずのない数のおかずを作っていた。鈴子は日曜のうちに新幹線で戻り、ふたりで食卓に着いたのが午後九時。お互い、箸を持つこともなく話し合い、気がつけば時計は午前零時を指していた。

「こういう言い方をすると、あなたは傷つくと思うけど、カータはいつか逝くわ」

わたしはうなずいた。

「あなたの言うように、三ヶ月が半年に、半年が一年に延びるかもしれないけど、それでもカータは逝ってしまうのよ」

わたしはまたうなずいた。うなずく以外にできることが思い浮かばない。

「今さら化学療法を受けさせても手遅れ。いいえ、最初からそれは選択肢になかったでしょう？　今さらどうしようもないの」

冷静に現実を告げる鈴子の目には涙が滲んでいた。涙は伝染するのだろうか。わたしの視界も滲んできた。

「ステロイドも鎮痛剤も、元を辿《たど》れば抗癌剤と一緒よ。カータが痛みに苦しんだら、鎮痛剤を使うのはいいと思う。でも、他の治療は……」

「他になにができる？　おれはカータになにをしてやれる」

わたしは静かに言った。本当は叫びたかったのに、だ。

「そばにいてあげるの。カータのすべてを受け止めてあげるの。カータはあなたの犬よ。あなたが幸せならカータも幸せ。あなたが悲しめば、カータも悲しむ。だから、カータに微笑み続けるのよ」

わたしは三度うなずいた。それしかないのは最初からわかっていたのだ。ただ、子供のように駄々をこねていただけだ。

＊　＊　＊

寝る前の排泄《はいせつ》のため、カータを庭に出した。空気はぴんと張りつめ、わたしとカータの吐く息は霧のように濃く、白かった。空には満天の星。木々の枝は凍《い》てつきはじめ、庭の芝にはすでに霜が降りていた。

カータは相変わらず三本の脚で歩き、排泄した。

家に入る前にわたしはカータを抱きしめた。

「約束するよ、カータ。おまえがいつか逝くとき、おまえの目に最後に映るのはこのおれだ。ずっとそばにいる。おまえから離れない」

カータは温かかった。激しく振られる尻尾が送ってくる風さえ暖かかった。わたしを見つめる温かな眼差《まなざ》しはわたしへの信頼と愛情に満ち溢れている。

これを裏切れるわけがない。

カータの背中を撫で、家に入ろうとしたときに、雪がちらついた。空では相変わらず星々が瞬《またた》いている。時折、浅間山に積もった雪が風に運ばれてくるのだ。

「カータ、また雪が積もればいいのにな。そうしたら、嬉しさでまた四本の脚で歩きはじめるんじゃないのか?」

星空にちらほらと舞う雪は、厳かで穏やかで、譬《たと》えようもないほど美しかった。

7

大晦日《おおみそか》も正月も軽井沢で過ごした。鈴子の母親は不満を露骨に表明したが、鈴子はそれをにべもなくはねつけた。

「もし、わたしたちに子供がいて、その子が重病だったら実家に帰ってこいなんて言わないでしょう。カータはわたしたちの子供なのよ。悪いけど、帰らないから」

こういう時の鈴子は惚《ほ》れ惚《ぼ》れするほど女っぷりがあがる。わたしと義母は折り合いが悪かった。鈴子に子供ができないのはわたしのせいだと一方的に思われていたし、わたしと鈴子の間に罅《ひび》が入っていたことも知られていた。それもわたしのせいにされる。もちろん、そのことに関して、わたしに反論する権利はなかった。

大晦日のご馳走も、おせち料理もわたしと鈴子で手分けして作った。我々が料理をしている間、カータは台所から動かず、四六時中涎を垂らしていた。

病気になる前は間食は決してゆるさなかった。だから、カータも台所に居座ることはなかった。しかし、病気が発覚してからは、わたしは甘くなっていた。カータもそれを承知なのだ。円らな瞳で見つめ続ければ、わたしが折れておやつをくれる。犬はこちらが譲歩したら譲歩しただけ、ずけずけと禁止領域に踏み込んでくる。

正月三が日、鈴子は文字通り寝正月で過ごした。昼間からカータと一緒にリビングに横たわり、レンタルビデオ屋で借りてきた映画のＤＶＤを見て過ごす。

わたしはひとり、庭に出て、カータのために橇《そり》を作った。いずれ、カータは歩けなくなる。しかし、雪が積もれば橇に乗せてどこにだって連れていってやれるのだ。

一月四日に橇は完成した。だが、雪が降り積もる気配はなかった。連日、気温は氷点下を割り込んでいるが、晴天が続いていた。大地は凍てつき、凍った茶色い風景を見続けていると胸が塞がれていく。

雪よ降れ、雪よ積もれ。

空を見上げるたびにわたしは祈った。だが、祈りが届く気配はなく、連日の好天と放射冷却による明け方の強い冷え込みが続くばかりだった。

新年も一週間が過ぎた朝、わたしはカータの異変に気づいた。左後ろ脚だけではなく、右の後ろ脚もおかしい。前日までは三本の脚で器用に歩いていたのに、気がつけば右の後ろ脚の爪先を地面にこするようにして歩いている。

「どうした、カータ？　右脚がおかしいぞ」

しゃがみ込み、カータの目を覗きこむ。すると、カータはなんでもないのと言わんばかりに普通に歩きだす。もちろん、三本脚でだ。左後ろ脚は常に宙に浮かせたままなのだ。

わたしは胸の奥でちろちろと燃えはじめた不安に蓋をしてそのまま家に戻った。鈴子は不在だった。年始の挨拶回りで多忙を極め、一段落するまでは東京に滞在することになっている。

パソコンに向かって仕事をしながら、しかし、集中することが難しかった。気がつけば、目でカータの姿を追っている。カータはわたしの仕事場の南の隅に置いたドッグベッドに横たわって深い眠りについていた。

午後三時半には仕事を諦めた。まだ締切には余裕がある。空には幾筋かの雲が流れていた。この調子でいけば、あと一時間もすれば綺麗な夕焼けが拝めるだろう。

「カータ、散歩に行こうか」

身支度を調えながらカータに声をかけた。カータは目を開けたが、ベッドに横たわったままだった。

「カータ、散歩だぞ。行かないのか？」

わたしを見つめるカータの目が悲しげに見えた。

「カータ？」

カータは上半身を起こした。しかし、後ろ脚は両方ともまっすぐに伸びたままだ。両脚ともまるで棒のようだった。カータはそのまま腰から崩れ落ちた。

「カータ」わたしは駆け寄った。「立てないのか？」

わたしの声に励まされるように、カータはもう一度立ち上がろうとした。しかし、下肢が伸びきったままなのは変わらない。再び崩れ落ちそうになるカータの腹の下にわたしは腕をさしのべた。そうやってカータの体重を支え、彼女が立ち上がろうとするのを助けてやった。

カータは立ち上がった。しかし、前脚が震えている。四肢から力が抜けてくずおれそうになるのをなんとか堪えている。わたしの腕はまだカータを支えたままだった。

「カータ……」

いつか来るとは思っていた。だが、こんなに早いとは考えてもいなかった。いや、考えたくなかったのだ。

しばらくすると、カータの前脚の震えは収まった。腕を放すとよろめきながら歩きはじめた。わたしは呆然と立ち尽くしていた。よろめきながら歩くカータの後ろ姿に、腕に残るカータの肋骨《ろっこつ》の感触に打ちのめされていた。カータの肋骨は筋肉と脂肪の下に埋もれていたはずだ。それがはっきりそれとわかるほどに浮き出ていた。いつの間にか、カータの体重が落ちているのだ。

「カータ、散歩やめようか。オシッコとウンチ、家の中でしてもいいぞ」

声が震えないよう意思の力を振り絞った。カータが振り返った。しかし、また前を向き玄関に向かっていく。一歳を過ぎた頃から、カータは家で排泄をしなくなった。寝るところ、食べるところ、家族がくつろぐところは排泄の場所ではないのだ。

「カータ、無理しなくていいよ。今日は散歩はやめよう。な?」

カータはわたしの言葉を無視した。耳がわずかに持ち上がったから聞こえていないわけではない。排泄は外でする。よろめきながら前進するカータの身体にはプライドが滲み出ていた。

「わかったよ」

玄関を出るときにカータの身体を支え、さらに庭へ続く五段の階段を降りるときも支えた。庭におりるとすぐにカータは排尿し、あちこちの匂いを嗅いでから排便した。そして、わたしのところへ寄ってきて甘えた。わたしの太股《ふともも》に身体を押しつけてくるのだ。わたしはカータを撫でた。全身、くまなく撫でた。カータの腰回りの筋肉が落ちている。

カータを抱き上げた。カータがわたしの腕の中でもがいた。

「おまえがまだ歩けるのはわかった。だけど、体力を温存しないと。家に戻るときぐらい、いいだろう」

わたしは優しい声で囁《ささや》いた。途端に、カータはもがくのをやめた。

時々、カータは人間の言葉を完璧に解するのではないかと思うことがある。もちろん、それはわたしの願望にすぎない。しかし、こちらの言葉を、こちらの気持ちを完全に理解していると思えることが多いのは間違いなかった。

魂の伴侶《ソウルメイト》――昔読んだ、イギリス人が書いた犬に関する書籍に載っていた言葉が脳裏によみがえった。

犬は人間の魂の伴侶だ。人は犬をよく理解し、犬も人をよく理解する。他の種族間には存在しえない強い絆《きずな》を持つ。

人間が本当に犬のことを理解しているかどうかには疑問が残る。しかし、彼らが我々のことを深く理解しているということには疑問の余地はないように思える。

少なくともカータはそうだ。彼女はわたしのことを鈴子よりも理解している。どうすればわたしが喜ぶか。なにをすればわたしが悲しむか。すべてを完璧に理解しているのだ。

「ご飯を食べよう。今夜は鹿肉のご飯だぞ。おまえの大好物だ」

わたしはカータを抱いたまま家に戻った。元気な頃は四十キロを軽く超えていた彼女の身体が軽く感じられる。この数週間で五キロ以上落ちたに違いなかった。
カータはわたしのことを完璧に理解している。なのに、わたしは彼女の体重が減っていることにも気づかなかった。長くて濃い毛に覆われているからなどというのは言い訳にはならない。毎日彼女に触れているのにわからなかったのだ。それはほんのわずかな変化だっただろう。少しずつ、しかし間違いなく毎日、彼女の体重は失われていったのだ。

「ごめんな、カータ」

わたしは彼女の柔らかい体毛に顔を埋めた。カータは温かかった。冬がどれだけ寒くても、カータがそばにいてくれれば凍えることはない。カータがいてくれさえすれば。カータが尻尾を振るのが伝わってくる。わたしや鈴子とのスキンシップは、カータがなによりも愛するものだった。

その夜、カータはご飯を残した。初めてのことだった。

そして、心配と不安で眠れず、寝つけず、新鮮な空気を求めてデッキに出たわたしは、静かに舞い落ちる雪を見た。

＊　＊　＊

朝、雪は十センチほど積もっていた。たいした積雪量ではない。しかし、ないよりはまして。わたしはカータと橇を車に乗せ、千ヶ滝へ向かった。一般に千ヶ滝と言えば、中軽井沢から北軽井沢に向かう途中にある別荘地群を指すのだが、セゾン現代美術館の北に林道が延び、その先の駐車場から千ヶ滝と呼ばれる勇壮な滝まで、二キロほどの遊歩道が整備されている。林道は美術館から駐車場まで緩やかな登りになっていてカータを橇に乗せて歩くのにちょうどよいと思ったのだ。

雪雲が去り、空は青々と澄み渡っていた。葉の落ちた林道脇の木々が雪化粧をまとい、陽光を浴びてきらきらと輝いている。林道に積もった雪にわたしの車のタイヤ跡が刻まれている。つまり、雪が降ってからここにやって来たのは我々だけだった。

先に橇をおろし、それからカータを橇の上に横たえてやった。カータの目が輝いている。尻尾が激しく揺れている。しかし、カータは起き上がろうと努力することさえなかった。わたしは手袋をはめた手で雪をすくい取り、カータの口に近づけた。カータが嬉しそうに雪を舐めた。

「さあ、散歩だ、カータ」

橇にくくりつけた紐《ひも》を腰に回し、わたしは歩きはじめた。

空気は厳かなまでに冷えていた。森は静まりかえっていた。聞こえるのは雪を踏みしめるわたしの足音、雪の上を滑る橇が立てる振動、そして興奮しているカータの呼吸だけだ。

橇は滑らかに動いた。緩やかなくだりだからわたしにかかる負担も少ない。帰りのことは考えるのをやめた。カータは橇の上で硬直していた。橇に乗るのは初めてなのだ。

「楽しいか、カータ？」

カータの尻尾がゆらゆらと揺れはじめた。

「おれがおまえのために作った橇なんだぞ。そんなに緊張してないで、楽しめよ」

尻尾の揺れが大きくなった。

「雪、最高だな」

わたしが語りかけるたびにカータの顔がほころんでいく。

「橇の散歩、気に入っただろう？」

カータが笑った。もう、大丈夫だ。

雪の上に光と影がまだら模様を作っている。朝の柔らかい光を浴びた雪は淡いオレンジ色に染まり、影の中の雪は青白い色をまとっている。わたしは光と影の間で橇をとめた。

「ステイ」

カータにコマンドをかけ、橇から離れた。首からぶら下げたデジタル一眼レフをかまえた。

「カータ、笑って」

写真を数枚撮った。オレンジと青に塗り分けられた雪の上で、カータが微笑んでいる。胸が熱くなった。涙が溢れる前に橇のところへ戻り、カータを抱き上げて雪の上にそっと置いた。

「気持ちがいいだろう、カータ」

わたしも雪の上に寝転がった。カータが身体を押しつけてくる。カータの身体に腕を回し、首筋に横顔を押し当てた。

「最高だな、カータ。おれたちが雪を独占だ」

カータが雪を舐め、ついでわたしの頬を舐めた。わたしも雪を食べた。その冷たさは、火照《ほて》ったわたしの胸の内を穏やかに鎮めてくれた。

8

自分の力で立てなくなると同時に、カータは目に見えて衰えはじめた。顔が痩せこけ、マズルの周辺に白髪が増えた。寝ている時間が日ごとに長くなり、それと反比例するように食べる食事の量が減っていく。元気な頃は日に六百グラム食べていた肉も、最近では三百グラム食べてくれればいい方だった。体重は見た目にもはっきりと落ちた。毛艶も失われていく一方だった。

自然療法の専門医からは、週に二度、大量の薬剤が送られてきた。日に三度、十種類を超える薬をカータに飲ませなければならない。もちろん、剝《む》き出しの薬剤は飲んでくれないし、食事に混ぜても、カータは器用に薬剤だけ吐き出してしまう。スーパーで買ってきたサツマイモをふかし、マッシャーで細かく潰す。それで薬剤をくるんで団子にしてやるとカータは嬉しそうに食べた。昔からふかしたサツマイモや人参が大好物だったのだ。

「ありがとう、カータ」

薬剤入りの団子を飲みこむたびに、わたしは大袈裟《おおげさ》にカータを褒め、身体を撫でてやった。薬を飲んでくれないとやきもきするより、飲んでくれるよう工夫を凝らした方がよほど精神衛生にいい。ああでもないこうでもないと考えに考えた挙げ句、それが功を奏すると、この上ない喜びを感じることができた。

カレンダーは二月に変わっていた。寒さは厳しさを増し、マイナス十度を超える日も珍しくはなかった。だが、厳しい寒さがもたらす荘厳な景色はいつも我々夫婦の心を温めてくれた。

夕食を終え、後片付けをしていると、カータが「くぅん」と鳴いた。排泄の意思表示だった。寝たきりになってもなお、カータは外で排泄することにこだわった。立てないのだから無理だ、トイレシートを敷いているのだからその場でしてもかまわないと何度言い聞かせても、カータは頑固にそれを拒否した。

持ち手がふたつついている介護用のハーネスを装着させ、わたしがカータの身体を持ち上げる。鈴子がカータの下肢をサポートしながら外に出る。家の中から外に出ると、たちまち身体が冷えていく。

四苦八苦しながらカータに排泄させると、わたしは雪の上にへたりこんだ。おそらく、カータの体重は二十五キロ前後だろう。排泄の時には五分近くその体重を支えなければならないのだ。わたしはぎっくり腰を防ぐために腰に太い革のベルトを巻いていた。

「この頑固さ、いったいだれに似たのかしらね」

カータの便を拾いながら鈴子が言った。

「いいさ、好きにさせてやれば。いずれ、嫌でも家の中でしなけりゃならなくなる」

「それはそうだけど……」

周囲が明るかった。わたしは荒い呼吸を繰り返しながら空を見上げた。満月にわずかに足りない月が冬空に輝いている。月が出ている夜は、月明かりを雪が反射してとても明るいのだ。軽井沢に来てそんなことをはじめて知った。月の周囲に暈《かさ》がかかっていた。寒さに比して空気が湿っている証拠だった。

「鈴子、明日、早起きしないか？」

わたしは言った。普段、わたしは六時前に起きる。鈴子は低血圧で、起き出すのは決まって七時過ぎだった。

「どうして？」

「素敵なものを見せてあげたいんだ」

わたしは言った。

「なによ、それ」

「明日のお楽しみ。早起きしたら見られるから」

素敵なものを知りたがる鈴子を適当にあしらいながら、わたしはカータを抱きかかえて家の中に戻った。

＊＊＊

空はまだ暗かった。東の地平線の辺りがほんのりと赤らんでいた。鳥井原《とりいばら》の農地には人の気配もない。畑に積もった雪に点々と穿《うが》たれているのは狐《きつね》の足跡だ。

カータを車から降ろして雪の上に寝そべらせた。鈴子は車の中で震えている。ダッシュボードのデジタル温度計はマイナス十五という数字を表示していた。運転席に上半身を突っ込み、エンジンを切った。

「ちょっと、寒いじゃない」

「エンジンのかけっぱなしはエコロジー精神に反するぞ。降りておいでよ」

「確かに綺麗な朝焼けだけど――」

鈴子は東の空に目をやった。朝焼けが広がっていく。雲ひとつない空が、濃紺とオレンジがかった赤とに分かれてせめぎ合っている。

「見せたいのは朝焼けじゃないよ。ほら、車から降りて」

鈴子は頬を膨らませながら車から降りた。吐く息が白く濃い。

「寒いよ、カータ」

鈴子は雪の上に寝そべったカータに抱きついた。わたしも雪の上に身を投げ出した。空気は冷たく、雪は凍てついていた。だが、身体は温かかった。鈴子がいて、カータがいる。わたしの家族だ。わたしの群れだ。お互いがお互いを慈しみ、愛し合っている。愛はその存在の内側に火を点《とも》してくれるのだ。

夜明けが近づいていた。東の空の一点が、赤から白へと急激に変化していく。

わたしは目を凝らした。あった。出現しつつある太陽の左右に、巨大な虹色の柱が出現していた。

「鈴子、あれを見て」

わたしは光の柱を指差した。鈴子の目が大きく開いた。鈴子は息をのみ、手袋をはめた両手を口に当てた。

「虹？」

「違う。サンピラーって言うんだと思う。光の柱。柱の中をよく見てごらん」

虹色の柱の中で、無数の小さな光が煌《きら》めいていた。ダイヤモンドダストだ。

「凄《すご》い、凄い」

鈴子は子供のようにはしゃいだ。カータも激しく尻尾を振っている。鈴子の興奮が伝染しているのだ。

太陽が姿を現した。巨大な光の輪が太陽を取り囲んでいた。虹色の柱がその輪の一部だということがわかる。そして、左右の虹の中央と輪のてっぺんに太陽に似た光が出現した。

日暈《にちうん》と幻日《げんじつ》だ。

数年前、ある学術書のカバーデザインを手がけたときに、この日暈と幻日の写真を見た。カバーに使う写真の候補の一枚だったのだ。わたしはその写真に魅入られ、フォトグラファーに連絡を取ってこの自然現象とそれが見える場所、条件について教えを乞うた。

「あれは真冬の軽井沢で撮ったものです」

フォトグラファーはそう言った。そして、寒気のきつい、空気の澄み渡った、それでいて若干の湿度のある朝に現れることが多いと教えてくれたのだ。

今朝、日暈と幻日を見られるという確信はなかった。だが、カータのために、我々家族のためにだれかが粋なプレゼントをしてくれるかもしれないという期待は抱いていた。

「凄いよ、真ちゃん。本当に凄い」

鈴子の目に涙が滲んでいた。

「神様がわたしたちを祝福してくれているみたい」

「今この瞬間、これを見てるのは軽井沢でも数人しかいないよ。そうさ、おれたちは祝福されてるんだ。な、カータ。おまえもそう思うだろう？」

カータは尻尾を振り続けていた。その目には日暈も幻日も映ってはいない。彼女が見ているのはわたしと鈴子だけだった。

「ねえ、カメラ持ってきてるんでしょう？　写真を撮って。わたしとカータを。あれをバックにして。あとでわたしもあなたとカータを撮ってあげるから」

わたしはカメラを取りだし、セッティングをした。逆光になるため、フラッシュを焚《た》かなければならない。試し撮りをして納得がいくと、レンズを鈴子とカータに向けた。

シャッターを切る。鈴子がカータに抱きつき、自分の頰をカータの頰に押しつけている。カータは笑っている。瘦せこけた顔は幸せに満ち溢れている。

死が迫っていることを彼女は知らない。だが、自分の身体に異変が起こっていることには気づいている。もどかしさややるせなさに似た感情を彼女が放つのを何度も目にしてきた。だが、それでもわたしと鈴子がそばにいるなら、群れが群れとして機能しているのならカータは幸せなのだ。

カータが幸せなら、鈴子は幸せだ。カータと鈴子が幸せなら、おれも幸せだ。

シャッターを切りながらそう思った。衰えていくカータの姿に心をかき乱されながら、それでもわたしは幸せなのだ。慈しみ、慈しまれ、愛し、愛されている。

なにを嘆く必要があるのだろう。これほどまでの幸せのただ中にいて、なにを恐れる必要があるというのだ？

それを失うことが怖いのだ。

だが、わかっていたはずだ。カータを迎えた時から、自分より先にカータが逝くことはわかっていたのだ。

ならば、失うことを嘆き悲しむより、カータと一緒にいる一分一秒を大切に思うがいい。逝くその瞬間まで、カータが幸せを嚙みしめていられるよう心を砕くがいい。カータの幸せがおまえの幸せなのだから。カータが与えてくれる愛におまえが報いることができるのはそれしかないのだから。

「いい写真が撮れたぞ」

わたしは微笑みながら言った。

「今度はわたしが撮ってあげる」

鈴子にカメラを渡し、カータの横に座った。すかさず、カータがわたしの太股の上に顎を乗せてきた。その頭を優しく撫でてやる。

フラッシュが光った。何度も光った。

「おいおい、何枚撮る気だよ。メモリがなくなっちゃうぞ――」

わたしは途中で言葉を切った。鈴子が泣いているのがわかったからだ。

「鈴子――」

「ごめんなさい。あなたとカータがあまりにも幸せそうで……」

「泣くなよ。カータの前で泣いちゃいけないって言ったのは鈴子だぞ」

「ごめんなさい」

「いいから、こっちへおいで」

鈴子を手招きし、わたしは雪の上に寝転がった。

「寒さが我慢できなくなるまで、三人でこうしていよう」

カータを間に挟んで、わたしたちは雪の上に川の字で寝た。わたしと鈴子は手を繋ぎ、繋いだ手をカータの背中に置いた。カータはずっと尻尾を振り続けている。

太陽と日暈と幻日がそんな我々を見下ろしていた。

9

カータが食事をとらなくなった。食事だけではない。水もほとんど飲まない。身体にもまったく力が入らないようで、排泄のために外に出たいと意思表示することもなくなった。薬もまったく飲まない。丸一日様子を見たが状態は変わらず、二日目になって佐藤医師に電話をかけ、往診に来てもらうことになった。

食事のことも心配だったが、カータは丸二日近く排尿していなかった。

「まず、オシッコをさせましょう」

カータの容態を聞いていた佐藤医師は来るなりそう言った。

「やり方を教えますから。これからのことを考えるとご自分でできた方が」

「そうですね。教えてください」

カータはリビングの中央でドッグベッドに横たわっていた。ベッドの上にはトイレシートを敷き詰めてある。佐藤医師はベッドの傍らで膝をつくとカータの右後ろ脚を持ち上げた。

「下腹部に指先を当ててください」

わたしは言われたとおりにした。

「そっと押してください。水で膨れた風船みたいな感触がありませんか？」

わたしはカータの下腹部をそっと押した。それらしきものは見当たらない。

「もう少し下の方です」

指先を移動させる。カータの息づかいが荒くなっていた。

「もう少し押して」

指先がなにかに触れたような気がした。佐藤医師の言ったように、水で膨れた風船のような感触だった。

「これかな？」

「それが膀胱《ぼうこう》です。ゆっくり押して刺激してやってください」

わたしは指先にさらに力をこめた。カータが鼻を鳴らした。次の瞬間、カータの下のトイレシートが濡れはじめた。

「そうやって膀胱を刺激してあげればオシッコは出ます」

佐藤医師の言葉はわたしの耳を素通りした。カータの顔から目が離せない。自分の意思に反して排尿を促されたカータは、羞恥心《しゅうちしん》と悲しみの入り混じったような表情を浮かべていた。

「いいんだ、カータ。オシッコするのは自然なことだぞ。恥ずかしがることなんかない」

わたしはカータの頭を撫でた。撫でてやれば必ず反応するカータの尻尾はぴくりとも動かなかった。こんなにも意気消沈しているカータを見るのは初めてだった。

＊＊＊

「自然療法で闘病しているのは承知で言わせてもらいますが——」

帰る間際、佐藤医師が言った。排尿を済ませたあと、佐藤医師はカータにリンゲル液と栄養素の入った点滴を施してくれた。

「カータが食べたいものを与えてやってください。ヨーグルトや甘いクリーム、果物。カータが食べるものならなんでもいいんです」

佐藤医師が口にしたのは自然療法の専門医から禁止されている食べ物ばかりだった。

「おそらく、カータの身体はもう普通の食事を受け付けません。だったら、彼女の喜ぶものを食べさせてあげた方がいい」

佐藤医師の顔は申し訳なさで一杯だった。カータにしてやれるのは点滴しかない。そのことに忸怩《じくじ》たる思いを抱いているようだった。

「わかりました」

わたしは言い、佐藤医師から点滴のセットが入った袋を受け取った。点滴のやり方も佐藤医師から教わっていた。

「輸液がなくなったら病院に来てください」

「ありがとうございます」

「それから、もし、カータが痛みに苦しむようなら、時間はいつになってもいいですから電話を。名刺に携帯の番号が書いてありますから。すぐに痛み止めを持って駆けつけます。痛み止めが効かなくなったら、安楽死も選択肢のひとつです。無理に苦痛を長引かせるのがカータのためになるのかどうか、じっくり考えてください」

わたしは佐藤医師を凝視した。おそらく、わたしの顔は能面のようだったろう。佐藤医師が慌てて手を振った。

「万が一の時、です」

「安楽死、ですか……」

考えたこともなかった。近い将来、カータが逝くとしても、それは眠るような死だと勝手に決めつけていたのだ。

「カータは苦しむんですか、先生?」

「眠るように逝くときもあれば、苦しむときもあります。痛み止めと一緒に頭の隅に置いておいてください」

佐藤医師は帰っていった。わたしはリビングに戻った。点滴のおかげか、カータは静かな寝息を立てていた。足音を殺してトイレに移動した。

便座に腰をかけ、わたしは泣いた。激しく、強く、しかし、静かに泣いた。カータに泣いていることを気づかれたくなかったのだ。

カータの病気が発覚してから、これほど泣いたことはなかった。泣いても泣いても涙が涸れることはなかった。

泣きながら、わたしは祈った。

おれの寿命を十年削っていいから、カータの寿命をあと一年、いや、半年でいいから延ばしてください。それが無理なら、せめてカータを穏やかに逝かせてやってください。

祈りはだれかに届いたのだろうか？　それすらもわからず、わたしはただひたすら泣き続けた。

＊＊＊

リビングに戻ると、取り替えたはずのトイレシートが濡れて変色していた。

カータがまた排尿したのだ。一度たがが外れると、羞恥心も消えてしまうらしい。カータは後始末をするわたしのなすがままになっていた。

「そうだ、カータ。アイス食べるか？」

カータの身体を拭き終えるとわたしは言った。冷凍庫に鈴子のお気に入りのアイスクリームが入っている。

カータがうっすらと目を開けた。

「よし、待ってろ」

冷凍庫からアイスクリームの箱を出し、適当な大きさにしてカータの食器に盛った。リビングに戻るとカータが半身を起こしていた。わたしが口にした「食べる」という言葉とアイスクリームの匂いを結びつけたのだ。

「カータ、アイスだぞ。久しぶりだろう」

まだカータが幼犬だったころ、鈴子に内緒で時折アイスを食べさせてやったことがあった。カータの食べる姿があまりにも嬉しそうだったので、いけないことだと思いつつ、与えることをやめられなかったのだ。それが鈴子にばれて大目玉を食らい、以降、カータはアイスを食べることができなくなった。

食器を鼻先まで持っていってやると、カータはさらに身を起こした。アイスの匂いを入念に嗅ぎ、おもむろに舌でアイスを舐めとった。

「美味しいか？」

カータはわたしに一瞥《いちべつ》もくれず、一心不乱にアイスを食べていく。

「美味しいな、美味しいな」

カータの顔は至福に満ち溢れていた。

「いくらでも食べていいんだぞ。なくなったらまた買ってきてやるからな」

アイスクリームはあっという間になくなった。カータは空になった食器をいつまでも舐め続けていた。

10

雪はすっかり溶け、もう橇は使えなかった。カータに外の景色を見せてやりたかったが、長時間の移動は身体に負担がかかる。

三月も半ばを過ぎたが軽井沢の空気はまだ冷たかった。わたしと鈴子は防寒具に身を包み、カータをデッキに移動させた。暖房を効かせた家の中ではカータの呼吸が荒くなってしまう。晴れている日の日中はこうしてカータを外に出してやることが日課になっていた。

カータがデッキで眠っている間、わたしはノートパソコンを持ち出して、彼女の傍らで仕事をするのだ。寒くてしかたがなかったが、カータとの約束を守るため、一秒でも彼女から離れていたくなかった。

寒さに弱い鈴子はすぐに家の中に戻り、掃除や食事の支度に勤《いそ》しむ。

カータは痩せ細り、顔つきさえ変わってしまっていた。もうアイスを喜んで食べることもない。自分の力で水を飲むことさえ難しくなっていた。

日に二度の点滴だけが彼女の命を繋いでいる。

幸い、痛みに苦しんでいる様子はない。時折息を荒らげるが、わたしか鈴子が寄り添いながら身体を撫でてやると、いつしかそれも収まるのが常だった。

風のない穏やかな日だった。空気は冷たいが、日なたにいればほんのりとした暖かさを感じることができた。わたしはパソコンの画面を見つめ、いつしか仕事に没頭していった。

カータの異変がいつ起こったのかはわからない。ただ、忙しない息づかいがわたしの集中を乱し、カータに視線を向けて気づいたのだ。

カータは激しい運動をした後のような呼吸を繰り返していた。身体が小刻みに震え、血走った目をわたしに向けていた。

「鈴子、佐藤先生に電話」

家の中に向かって叫び、わたしはカータの身体に触れた。熱い。間違いなく発熱している。口の中を覗きこむと、歯茎と舌がすっかり血の気を失っているのがわかった。

「どうしたの」

携帯を握った鈴子がデッキに出てきた。

「カータの様子がおかしいんだ。早く電話を」

わたしはカータを抱きしめた。背中を何度も何度もさすってやる。しかし、カータの荒い息づかいは収まらなかった。

「もしもし。佐藤先生はいらっしゃいますか？　カータの様子がおかしいんです」

鈴子の切迫した声がわたしの耳を素通りしていく。

「カータ、しっかりするんだ。頑張れ。もう少し頑張れ」

「真ちゃん、先生よ。電話代わって。カータの様子を伝えてあげて」

わたしは携帯を受け取った。

「先生、息づかいがもの凄く荒いんです。熱もある。それに歯茎と舌が真っ白です」

「すぐに連れてきてください」

わたしは電話を切り、鈴子に顔を向けた。

「車、こっちに回して」

駐車スペースに行くには、家の中を横切る必要があった。だが、車を庭の横に持ってくればすぐにカータを乗せることができる。

「わかった」

鈴子が身を翻した。わたしの腕の中でカータが震えている。

「大丈夫だ、カータ。すぐに病院に連れて行ってやるから。だから、もう少しだけ頑張れ。頑張るんだ、カータ」

鈴子の運転する車がやって来た。わたしはカータを抱え上げ、庭を突っ切った。

「だめだ。だめだ。まだだめだ。まだ逝っちゃだめだ。おれを置いて行くな、カータ。

頼む。お願いだ」

語りかけながらカータを車に乗せた。カータはぐったりしたままドッグベッドに横たわった。

「おれが運転する」

佐藤医師の病院まで、車で十分はかかる。鈴子の運転なら十五分だ。一秒でも早く病院に辿り着きたかった。

＊＊＊

輸血、強心剤、点滴——カータは辛うじて踏みとどまっていた。

「歯茎と舌が白くなっているのは、おそらく、身体の内部のどこかで出血しているのだと思います」

佐藤医師が言った。増殖した癌の腫瘍が内臓のどこかを痛めつけているのだ。佐藤医師はレントゲンを撮ろうと言ったが、鈴子がそれを断った。どこで出血しているかがわかったところで、手の施しようはないのだ。

カータの歯茎と舌は輸血のおかげでほんのりピンク色に染まっていた。だが、元気だったころのそれとは比べようがない。

佐藤医師はニューファンドランドという真っ黒な大型犬を飼っていた。彼女は佐藤医師の魂の伴侶であると同時に、急患のために血液を提供する役目も担っている。わたしと鈴子は彼女——ダイアンに何度も感謝した。

「カータはいつまでもちますか？」

わたしはおそるおそる訊いた。佐藤医師は目を逸《そ》らした。

「わかりません。明日、旅立つかもしれないし、一週間後かもしれない。一ヶ月後ということもありえます」

「そうですか……」

「ダイアンはしばらく輸血には使えませんが、大型犬を飼っている知り合いに声をかけておきます。三日後に、また輸血をしましょう」

「お願いします」

深々と頭を下げたわたしを鈴子が静かに見つめているのを感じた。頭を上げる際にちらりと視界に入ったその目は、わたしを非難しているようにも、痛ましさに震えているようにも見えた。

鈴子と協力してカータを車に乗せ、別荘に戻った。

「なにか言いたいことがあるなら言ってくれよ」

無言のまま助手席に座っている鈴子にわたしは言った。鈴子は小さく、しかしきっぱりと首を振った。

「あなたが決めることだもの」

「まだだ」視界が滲みそうになるのを懸命にこらえた。「まだ、早すぎる」

「それならそれでいいわ。カータもまだあなたのそばにいたいでしょうから」

輸血、強心剤、点滴——もし、カータが野生の狼《おおかみ》なら、とうの昔に旅立っているだろう。苦しみから解放されているだろう。

「おれは酷《ひど》いことをしているのか？　カータを苦しめているのか？」

「決めるのはあなたよ」

鈴子が言った。これまで聞いたことのないような、優しい響きの声だった。

＊　＊　＊

真夜中に、カータの呼ぶ声で目が覚めた。寝ぼけ眼のまま起き、明かりをつける。カータが動けなくなってから、床に布団を敷いてカータの傍らで寝るようになっていた。

「どうした、カータ？」

カータは遠吠えするように鳴いていた。ベッドルームで寝ていた鈴子もその声に呼ばれるようにやって来た。

「カータ？」

「苦しいみたいだ」

わたしはカータに寝返りを打たせてやった。そうすれば、鳴き声がやみ、呼吸も落ち着くことがよくあったのだ。しかし、カータは鳴きやまなかった。まだ自由が利く両方の前脚を突っ張って苦しそうに息をしている。その目はわたしを捜してさまよっていた。

「カータ、おれはここにいるぞ」

わたしは突っ張っているカータの前脚を握った。カータが身体を寄せてくる。わたしは痩せ細った身体を抱きしめた。

「鈴子、痛み止めのアンプルと注射器を持ってきて」

わたしは鈴子に言った。佐藤医師から渡されていたのだ。

だが、鈴子は動かなかった。

「鈴子？」

わたしは顔を上げた。鈴子が泣いていた。自分で自分を抱きしめ、顔をくしゃくしゃにして泣いていた。

「鈴子！」

「もう、ゆるしてやって。お願い、真ちゃん。カータはあなたのために頑張ってるのよ。あなたのために苦しみに耐えてるのよ」

カータはわたしの腕の中で暴れていた。痛みに強い犬がこれほど苦しむとは、いったい、どんな痛みに襲われているのだろう。

「カータ」わたしは口を開いた。「カータ、痛いのか？　苦しいのか？」

カータが鳴いた。突っ張った前脚をわたしの胸に押しつけて鳴いた。

思い出が頭の中をよぎっていく。覚束《おぼつか》ない足取りで、しかし懸命に尻尾を振ってわたしの足もとに寄ってきた生後二ヶ月のカータ。はじめて散歩に連れて行ったのはその一ヶ月後。カータは人々の声に、車の音に、他の犬の姿に怯《おび》え、根が生えたかのように動かなくなった。その二ヶ月後には自分から散歩を催促するようになった。カータの一歳の誕生日に海へ連れて行った。カータは波を恐れず、波打ち際で鈴子と遊んだ。わたしがインフルエンザで倒れたとき、三歳になっていたカータはわたしの枕元から動かなかった。五歳になって子宮蓄膿症を患い、手術のために二日間入院した。退院の日に迎えに行ったわたしたちを認めたカータは喜びに打ち震え、飛びはね、傷口が開いて退院が延びてしまったこともある。

無数の思い出があった。なにもない日常の出来事でさえ、今や美しい思い出なのだ。

わたしは鈴子を愛している。だが、鈴子に己のすべてを差し出すことはなかったし、これからもない。鈴子だけではない。相手がだれであれ、どんな関係であれ、人間同士の愛情の間には打算が生じる。だが、カータはわたしにすべてを捧《ささ》げてくれた。わたしもカータにならすべてを捧げられた。カータはわたしのすべてだった。

そのカータが苦しんでいる。わたしのために苦しみに耐えている。

「もういい。もういいんだ、カータ。頑張るな。おれのために頑張らなくていい」

涙が溢れた。わたしの頬を伝った涙がカータの鼻に落ちた。

カータが自分の鼻を舐めた。次の瞬間、カータの身体から力が抜けた。鳴き声も止まった。

カータはわたしを見つめ、甘えるように鼻を鳴らした。そして、目を閉じた。

カータの肉体から魂が抜け落ちるのを感じた。カータの肉体は瞬時にとてつもなく重いものに変化した。

「カータ！」

わたしはカータに心臓マッサージを施した。

「カータ、カータ、カータ!!」

戻ってきてくれ。いつもおれのそばにいて、微笑んでいてくれ。逝くな。戻ってこい。頼むから、カータ――。

「なにしてるのよ、真ちゃん」

鈴子がわたしに抱きついてきた。

「もし生き返ったら、カータ、またあの苦しみを味わうんだよ。それでもいいの？」

わたしは我に返った。

「カータ……」

カータの身体に顔を埋めて泣いた。カータはまだ温かかった。鈴子も泣いていた。鈴子はわたしの背中に顔を押しつけていた。

胸の内側にぽっかり穴があいていた。激しい喪失感に吐き気がした。涙はとめどもなく溢れ、悲しみ以外の感情が蒸発していく。

「よく逝かせてやったね、真ちゃん」鈴子が泣きながら言った。「最高に立派なボスだったよ、真ちゃん」

約束は守った。守れた。カータは最後にわたしを見て逝ったのだ。その瞳にわたしの姿を焼きつけて逝ったのだ。

だが、そんなことはなんの救いにもならなかった。悲しくて悲しくて、悲しすぎて死んでしまいそうだった。

「カータ」

わたしは最愛のものの名を呼んだ。

「カータ」

泣きながら呼び続けた。

「カータ」

カータは死んでしまった。

「寂しいよう」

わたしの悲しみは深まるばかりなのに、カータの身体は少しずつ冷えていく。わたしは神を呪い、世界を呪い、自分を呪い、いつまでも泣き続けた。

解説

森絵都

人間が、犬を選ぶ。まずはそこから始まる。野良犬の存在を許さない今の日本で、犬と共に生きたいと思えば、譲り受けるにしろ、買うにしろ、まずは人間側から手を差しのべる必要がある。犬に、人間は選べない。そう思っていた。

しかし、本当にそうなのか。最近の私は少々自信を失いつつある。犬好きの知人が増えるほど、人と犬の様々な縁《えん》を知るほどに、ある疑問が膨らんでいくのである。本当は、犬が人間を選んでいるのではないか。

犬好きに生まれたということは、犬の相棒となる資質を持って生まれたということだ。その天資の赴くままに犬を迎えた結果、想像していた以上の幸福をもたらされた、という経験を多くの飼い主が持つだろう。

この世にどれだけの生きものが存在しようと、犬ほど人の心に敏《さと》い種族はいない。飼い主がどんな人物であれ、犬は、その内側にある空洞を見抜く。心の隙間。過去のトラウマ。犬は正確にそこを嗅ぎ当て、静かにそっと、埋めるように寄りそってくれる。

犬好きに生まれたということは、もしかすると、人より多くの空洞を持って生まれたということでもあるかもしれない。

本書『ソウルメイト』に収められた七編の短編小説には、七人七様の空洞を抱えて生きる人々と、そこに寄りそう犬たちの姿が描かれている。

表面的には破綻なく生きている。幸せそうにすら見える。けれどもその胸奥に本人のみぞ知る傷を秘めた人々。注目すべきは、彼らが皆、「この人にしてこの犬あり」とでもいうような、絶妙なソウルメイトとの出会いを果たしている点である。

犬は、種によるギャップの激しい動物だ。トイプードルと秋田犬を比べれば一目瞭然だが、体格も、毛並みも、犬種が違えばまるで違う。外見のみならず、内なる性質にも天と地の差がある。それが犬の面白さでもある。

どこがどう面白いのか。犬を飼ったことのない人は、まずは本書に登場する七頭を通して、疑似体験を味わってほしい。チワワ。ボルゾイ。柴。コーギー。シェパード。ジャック・ラッセル。バーニーズ。どの犬も個性豊かな犬種に属し、その血脈（と個体差）から来る特徴を存分に放っている。従順。怖がり。やんちゃ。はちきれんばかりの個性で人間を翻弄する彼らは、しかし、結局のところ、最後には犬種を問わず「誰かの愛する犬」という場所に落ちつく。その相手との組み合せが、犬自らが選んだとしか思えないほど絶妙なのである。

　そう。現実の世界でもそうであるように、本書に描かれた犬たちは、不思議と皆、彼らを必要とする人間、彼らが埋めるべき空洞を抱えた飼い主のもとにいる。


　例えば、「チワワ」のルビィ。

　つぶらな瞳で常に人を追っているルビィの飼い主は、妻の時枝《ときえ》と二人で軽井沢に暮らすリタイア組の佐伯《さえき》だ。犬といえば大型犬と考えていた彼のもとに、ある日、突然、時枝がチワワを連れて帰った。現住居への移住を強行したのも時枝。佐伯の意見は重んじられていないようでもあるが、日頃の様子を見ると結構な亭主関白で、専用のアトリエで趣味の絵画に耽《ふけ》ったりと、なかなかのご身分である。

　時枝が不治の病に冒されたことですべてが瓦解《がかい》する。足もとの地盤が崩れ落ち、その亀裂から家族の実像が覗《のぞ》く。佐伯の浮気が招いた夫婦間の溝。父に対する娘たちの憎悪。不安と孤独に塗りつぶされていく佐伯を、唯一、癒してくれるのがルビィなのである。

　犬は人間を責めない。愛したぶんだけ愛を返してくれる。無邪気なルビィに心救われる佐伯だが、その最後の砦《とりで》ともいうべき存在が、本人がかつて犬とも認めていなかった超小型の愛玩犬というのが皮肉なところである。

　ワンマンで身勝手な父親だったという佐伯は、ひょっとすると、昔から、常に自分に付き従ってくれるチワワのような家族を理想としていたのではないか。時枝はそれを見抜いていた。だからこそ、佐伯のためにチワワを遺した。どこかで己の寿命を予期していた妻の、偏屈者の夫に対する最大の形見分けがルビィだったのではないか——。

多くを語らない妻と夫、そしていかにも儚《はかな》げな犬との関係が、読み手に複雑な余韻をもたらす作品である。

柴犬は、ある意味——いや、あらゆる意味でチワワの対極に位置する犬種だ。飼い主には忠実。ほかの人間には攻撃的な面もあり、そう簡単に尾は振らない。「柴」に登場する風太《ふうた》もまさにそんな一頭である。

忠誠を誓った飼い主を、しかし、風太は震災で失った。頭が良く、必然的に警戒心の強い風太は、レスキューに訪れた人間の庇護《ひご》よりも、警戒区域内での放浪の日々を選ぶ。YouTube の動画に映りこんでいたその姿に目を留めたのが、飼い主の息子、神田だった。

亡き母が可愛《かわい》がっていた犬。せめて自分が代わって世話をしてやりたい。神田は仕事を休業して風太を探しはじめる。そのために動物保護団体の仲間にもなる。そこまでして、と思うほどの献身の裏には、生前の母に不義理を重ねたことへの自己嫌悪がある。

ラストシーンは鮮烈だ。追跡の果て、神田はついに警戒区域内で風太と再会する。震災以降、仲間を守って生きてきた颪太は、そこで一つの決断をする。その結末が、正直、私には意外だった。なぜなら、彼は柴だから。

けれど、見方を変えれば、飼い主にどこまでも忠実な柴だからこそ、颪太はあのような選択をしたのかもしれない。元飼い主の肌着を嗅いだ瞬間、颪太の中に神田の母がよみがえった。母は、颪太に訴えていたのではないか。その傷ついた息子を宜《よろ》しく頼むと。

動物は言葉を発しない。だからこそ、人間は自らの想像で沈黙を補い、彼らの感情を推しはかる。能動的に、創造的にその心へ踏みこもうとする。動物を扱った物語に私たちが情を揺さぶられ、時として過剰なほどの思い入れをするのはそのためだ。

しかし、作者が動物に代わって言葉を発しすぎてしまうと、そうはいかなくなる。声なき声の代弁に熱が入れば入るほど、そこには想像力の立ち入る余地がなくなってしまう。

その点、本書の作者、馳星周氏は達人級の見事な節度と塩梅《あんばい》をもって「犬」を描き出している。書きすぎず、書き落とさず。読む者を引きつけてやまないその筆致は、まるで熟練トレーナーの巧みなリード使いのようでもある。

あくまでも犬は犬である。その一線において作者は決してぶれない。犬を下に見るのではなく、犬として正当にリスペクトしているのである。〈犬を擬人化しすぎるのは危険だ〉と本文にもあるように、人間の思考で動物の内面を言語化しすぎてしまうと、語られた動物はどうしても人間臭くなり、その種本来の魅力を取りあげられてしまう。本書で私たちが出会う犬たちはなにものも奪われていない。むしろ犬ならではの魅力、弾《はじ》けるような躍動感を発散させている。

たとえば、こんな文章。

〈「ステイ」

コマンドをかけ、リードを外す。カータは身震いするが、その場に留まった。

「ＯＫ」

わたしの言葉が終わる前に、カータは走りだした。大きな身体を躍動させて庭を縦横に駆け回り、モミジの木の根元の匂いを嗅いではまた駆ける。

カータは喜びの塊だった。喜びの欠片《かけら》を撒《ま》き散らしながら走っていた。〉

最後の一編、「バーニーズ・マウンテン・ドッグ」からの抜粋だが、「カータの興奮を伝えるこの文中において、作者は微塵《みじん》の擬人化もその筆に許していない。それでいて、簡明且つ力強い表現力をもって、そこに輝く命の光を焼きつけている。

カータは重篤な病と闘う犬だ。それ故に一瞬一瞬の光がなおも美しい。愛犬の命が徐々に蝕《むしば》まれていく。同じ経験の持ち主ならば誰しもそのやるせなさを忘れはしないだろう。感傷的に書こうとすればいくらでも書けるし、泣ける話にもできる。しかし、作者はここでも至極ストイックな語りを貫いている。

その姿勢は、カータの飼い主である真一と鈴子の在り方にも通じるところがある。愛犬の非運に直面しながらも、二人は悲嘆に暮れるだけではなく、いかにしてその試練と向きあうべきかを冷静に考え、実行する。カータのために何をしてやれるのか。力を合わせて取り組むほどに、距離が生まれていた二人の心は再び通いあっていく。新たに築かれる夫婦愛。飼い主を愛するカータにとっては、軽井沢での日々もさることながら、それがなによりの喜びであったのではないか。

カータには真一と鈴子が必要だった。そしてまた、真一と鈴子にもカータが必要だった。選び選ばれ、彼らは唯一無二のソウルメイトとなった。その確信があればこそ、無情なラストに涙しながらも、私たち読者は彼らの過ごした最後の日々を心から貴べるのかもしれない。

犬と生きる喜び。犬を失う悲しみ。本書にはその両者が公平に刻まれている。事実、両者は決して切り離されることなく、常にコンビでもたらされる。奪い去られることを定められた幸福。その冷酷な原則を、結局のところ、多くの人が受け入れる。愛犬を失った飼い主が、あまりの打撃からもう犬は飼わないと宣言することは珍しくないけれど、その数年後、いつの間にかまた犬を飼っていたというのもよくある話だ。犬との絆《きずな》には自らの意志で断ち切りがたいものがある。

そんな選ばれし犬好きたち——犬への愛ゆえに悲喜交々《ひきこもごも》の日々を送る人々に、またその予備軍かもしれない人々に、ぜひとも本書『ソウルメイト』を手に取り、味わい、魂の肥やしにしていただきたい。

（もり・えと　作家）

単行本
二〇一三年六月　集英社刊

初出誌「小説すばる」
チワワ　二〇一一年八月号
ボルゾイ　二〇一一年六月号
柴　二〇一二年四月号
ウェルシュ・コーギー・ペンブローク　二〇一一年一〇月号
ジャーマン・シェパード・ドッグ　二〇一一年一二月号
ジャック・ラッセル・テリア　二〇一二年六月号
バーニーズ・マウンテン・ドッグ（前編）　二〇一二年八月号
バーニーズ・マウンテン・ドッグ（後編）　二〇一二年一〇月号

馳　星周

ダーク・ムーン（上・下）

カナダ・ヴァンクーバーに巣くう闇社会で、ヘロイン数百キロが消え、香港マフィアの大物の娘が失踪。やがて凄まじい抗争が！　広東人、日系カナダ人、日本人の宿命の三重唱。

集英社文庫

約束の地で

馳　星周

父が持つ大金の噂に踊らされた男。呆けた母と猫の世話に煮詰まる女。愛犬と骨をばらまく少年。先輩女と安物の車で旅立つプー太郎。夫のＤＶの果て犬の骨を抱いて岬に立つ女。新境地拓く傑作短篇集。

集英社文庫

馳　星周

美《ちゆ》ら海、血の海

一九四五年、沖縄。本島に上陸した米軍の攻撃に防戦一方、撤退を余儀なくされた日本軍。14歳の真栄原幸甚《まえはらこうじん》は、鉄血勤皇隊員として従軍を強要され、あまりに凄惨な地獄を見る！　落涙の異色長篇。

集英社文庫

馳　星周

淡雪記

最高の写真を撮ろうと北海道の大沼を訪れた青年・敦史は、森で妖精のような少女・有紀と出会い、惹かれ合う。だが重い秘密を持つ二人に悲劇が……。純な魂の彷徨を描く傑作長篇。

集英社文庫

集英社文庫　目録（日本文学）

集英社文庫　目録（日本文学）

花家圭太郎　八丁堀春秋
花家圭太郎　日暮れひぐらし　八丁堀春秋
花家圭太郎　鬼しぐれ　花の小十郎はぐれ剣
帚木蓬生　エンブリオ(上)(下)
帚木蓬生　インターセックス
帚木蓬生　賞の柩
帚木蓬生　薔薇窓の闇(上)(下)
帚木蓬生　十二年目の映像
浜辺祐一　こちら救命センター　病棟こぼれ話
浜辺祐一　救命センターからの手紙　ドクター・ファイルから
浜辺祐一　救命センター当直日誌
浜辺祐一　救命センター部長ファイル
葉室麟　冬姫
早坂茂三　男たちの履歴書
早坂茂三　政治家は「悪党」に限る
早坂茂三　意志あれば道あり

早坂茂三　元気が出る言葉
早坂茂三　オヤジの知恵
早坂茂三　怨念の系譜
早坂倫太郎　不知火《しらぬい》清十郎　龍琴の巻
早坂倫太郎　不知火清十郎　鬼琴の巻
早坂倫太郎　不知火清十郎　血風の巻
早坂倫太郎　不知火清十郎　辻斬り雷神
早坂倫太郎　不知火清十郎　将軍密約の書
早坂倫太郎　不知火清十郎　妖花の陰謀
早坂倫太郎　不知火清十郎　木乃伊《みいら》斬り
早坂倫太郎　不知火清十郎　夜叉血殺
早坂倫太郎　波浪島の刺客　弦四郎　鬼神斬り
早坂倫太郎　毒牙狩り　波浪島の刺客
早坂倫太郎　天海僧正の予言書　波浪島の刺客
林えり子　田舎暮しをしてみれば
林望　マーシャに

林望　りんぼう先生おとぎ噺《ばなし》
林望　リンボウ先生の閑雅なる休日
林望　小説集　絵の中の物語
林望　リンボウ先生の日本の恋歌
林真理子　ファニーフェイスの死
林真理子　トーキョー国盗り物語
林真理子　東京デザート物語
林真理子　葡萄物語
林真理子　死ぬほど好き
林真理子　白蓮れんれん
林真理子　年下の女友だち
林真理子　グラビアの夜
林真理子　失恋カレンダー
林真理子　本を読む女
林真理子　女文士
林田慎之助　諸葛孔明

集英社文庫

ソウルメイト

2015年9月25日　第1刷　　定価はカバーに表示してあります。

著　者　馳《はせ》　星周《せいしゅう》

発行者　加藤　潤

発行所　株式会社　集英社

東京都千代田区一ツ橋2-5-10　〒101-8050

電話　【編集部】03-3230-6095

【読者係】03-3230-6080

【販売部】03-3230-6393（書店専用）

印　刷　凸版印刷株式会社

製　本　凸版印刷株式会社

フォーマットデザイン　アリヤマデザインストア　　マークデザイン　居山浩二

造本には十分注意しておりますが、乱丁・落丁（本のページ順序の間違いや抜け落ち）の場合はお取り替え致します。ご購入先を明記のうえ集英社読者係宛にお送り下さい。送料は小社で負担致します。但し、古書店で購入されたものについてはお取り替え出来ません。

ISBN978-4-08-745360-7 C0193